AF296908

AMASIS,

TRAGEDIE.

A PARIS,

Chez PIERRE RIBOU, proche les
Auguſtins, à la deſcente du Pont-neuf,
à l'Image S. Loüis.

M. DCC II.

Avec PRIVILEGE DU ROY.

A
MADAME,

ADAME,

   Je n'aurois jamais eu la témerité de presenter à Vôtre Altesse Royale *un Ouvrage si peu digne de l'honneur de sa protection, si je n'avois regardé en vous que ces vertus d'éclat, & ces hautes qualitez dont tous les hommes sont également frappez. Cette élevation d'esprit & de sentimens qui semble vous mettre au dessus de vôtre sexe, & nous découvre*

EPISTRE.

l'ame d'un *Heros*. Cette superiorité de sagesse & de lumiere qui vous conduit dans toutes vos actions, & cette justesse de discernement qui ne vous laisse precisement estimer les choses qu'autant qu'elles le meritent. Mais depuis le moment favorable que VÔTRE ALTESSE ROYALE m'a permis de lui consacrer mes services, & que cet honneur m'a mis en état de considerer de plus prés vôtre bonté naturelle, & la douceur inalterable de vôtre esprit, j'ai crû, *MADAME*, pouvoir m'abandonner à mon zele, & vous donner cette marque publique de l'attachement inviolable, sans manquer au profond respect avec lequel je suis,

MADAME,

DE VÔTRE ALTESSE ROYALE,

Le tres-humble, tres-fidelle, &
tres-obéïssant serviteur,
LAGRANGE DE CHANCEL.

AVERTISSEMENT AU LECTEUR.

SI Madame Durand ne fit point mettre son nom à la Comtesse de Mortagne & aux Memoires de Charles VII. c'est qu'on n'aime pas trop à se declarer Auteur d'un plein sault : Madame la Comtesse de Murat même entrant dans cette modestie, s'offrit de presenter sous son nom le Voyage de campagne & le Rondeau qui luy sert d'Epître, à la grande Princesse pour qui il avoit esté fait, & dont Madame Durand n'ayant pas l'honneur d'estre connuë, ne laissa pas de luy ren-

AVERTISSEMENT.

dre un hommage secret ; Elle crut
que le nom de Madame la Comtesse de Murat y donneroit un
prix, que le sien pourroit dimi-
nuer ; mais aujourd'huy qu'elle est
connuë par celuy qu'elle a rempor-
té à l'Academie Françoise, elle
croit qu'il y auroit une fausse hu-
milité à se cacher, & qu'il est même à propos pour la gloire de Madame la Comtesse de Murat, de
faire voir le motif qu'elle eut,
lorsqu'elle voulut bien prêter son
nom au Voyage de Campagne.

ERRATA.

PAge 19. ligne 6. derobent, *lisez* dérobe.

Page 28. ligne 6. démentiroit, *lisez* démentiroient.

Page 48. ligne 4. marques, *lisez* manques.

Page 50. ligne 17. doucement, *lisez* divinement.

Page 54. ligne 1. sentit, *lisez* sentoit.

Page 57. ligne 19. fut, *lisez* furent.

Page 70. ligne 15. du moyen qui ternisoit, *lisez* d'un moyen qui ternissoit.

Page 79. ligne 15. Colisan, *lisez* Cardonne.

Page 89. ligne 19. un, *lisez* une.

Page 90. ligne derniere, Cardonne auprés de sa Maîtresse, *lisez* sa Maîtresse auprés de Cardonne.

Page 122. ligne 5. les, *lisez* ses.

Page 127. ligne 13. criminelles, *lisez* criminels.

Page 134. ligne 13. de sa, *lisez* d'une.

Page 136. ligne 13. valeur, *lisez* malheur.

Page 140. ligne 16. ce, *lisez* &.

Page 145. ligne derniere, Colisan, *lisez* Cardonne.

Page 162. ligne 12. favorable, *lisez* agréable.

Page 163. ligne 15. voftre, *lisez* une.

Page 178. ligne 19. *lisez* car on la luy avoit nommée ainsi.

Page 193. ligne derniere, Leonat, *lisez* Camille.

Page 216. ligne 8. faire *lisez* taire.

EXTRAIT DU PRIVILEGE
du Roy.

PAR Grace & Privilege du Roy, donné à Versailles le douziéme Fevrier 1699. Signé, Par le Roi en son Conseil, LE FEVRE. Il est permis à PIERRE RIBOU Marchand Libraire à Paris, de faire imprimer *Le Recueil des Tragedies du Sieur de la Grange*, pendant le temps de huit années, à compter du jour, que chaque Tragedie sera achevée d'imprimer pour la premiere fois; Pendant lequel temps tres-expresses deffenses sont faites à toutes personnes de quelque qualité & condition qu'elles soient, de faire imprimer, vendre ny debiter d'autre Edition que de celle de l'Exposant, ou de ceux qui auront droit de luy, à peine de quinze cens livres d'amendes, payables sans déport par chacun des Contrevenans, de confiscation des Exemplaires contrefaits, & de tous dépens, dommages & interests, & autres peines portées plus au long par lesdites Lettres de Privilege.

Regiſtré ſur le Livre de la Communauté des Imprimeurs & Libraires de la Ville de Paris, le 26. Fevrier 1699.

Signé C. BALLARD, Syndic.

Achevé d'imprimer pour la premiere fois le 19; Décembre 1701.

ACTEURS.

AMASIS, usurpateur de la Couronne d'Égipte.

NITOCRIS , Reine d'Egipte, veuve d'Apriès.

SESOSTRIS , fils d'Apriès, & de Nitocris.

PHANE'S , Favori d'Amasis.

ARTHENICE. Fille de Phanès.

CANOPE , Confidente de la Reine.

MICERINE, Confidente d'Arthenice.

MENE'S , Gouverneur de Psammenite, fils d'Amasis.

AMMON , Officier de la Garde.

GARDES.

La Scene est à Memphis , dans le Palais des Rois d'Egipte.

AMASIS,

AMASIS,

TRAGEDIE.

ACTE I.

SCENE PREMIERE.

SESOSTRIS, PHANE'S.

PHANE'S.

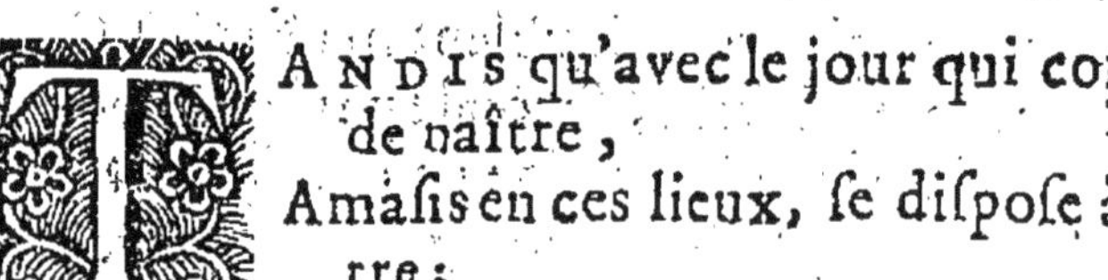

TANDIS qu'avec le jour qui commence
    de naître,
Amasis en ces lieux, se dispose à paraî-
    tre ;
Et que de ses secrets confiez à ma foi,
Ces murs n'ont point encor d'autres témoins que
    moi :
Venez, Prince ; il est temps de vous marquer la place,
Où vous devez venger le sang de vôtre race ;

A

Et du grand Apriès, vous montrer digne fils.
Vous voyez d'un côté, la célébre Memphis :
De l'autre, ces tombeaux, & ces plaines fécondes
Que le Nil enrichit du tribut de ses ondes.
Voici de vos ayeux le superbe Palais.
Ce Palais qu'Amasis a rempli de forfaits ;
Ces vestiges sacrez, où tout vous represente
D'Apriès vôtre pere, une image sanglante ;
Ces colomnes, ces arcs, ces monumens pompeux,
Insensibles témoins de son sort rigoureux.
C'est là que sans pâlir, ce Monarque intrépide
Se vit envelopé d'une foule homicide.
C'est là qu'abandonné des Dieux & des mortels,
Il tomba sous l'effort de mille bras crüels.
C'est ici qu'atiré par les plaintes funèbres
Des esclaves fuyants au travers des ténèbres,
Le tumulte & la nuit secondant mes desseins,
J'arrachai vôtre vie au fer des assassins ;
Tandis que dans les maux vôtre mere abîmée,
Sur son époux sanglant, mourante, inanimée,
Ne recouvra ses sens que pour envisager
Cinq fils, que sur ce marbre on venoit d'égorger.

SESOSTRIS.

Ah! que par tant d'horreurs, mon ame est attendrie!
Que ces tristes objets redoublent ma furie !
Quand poura Sésostris, secondé par les Dieux,
Achever le dessein qui l'ameine en ces lieux ?
Phanès, à vos conseils, je me laisse conduire :
Par vos soins genereux, c'est peu que je respire ;
Et qu'avec Cleophis à mon sort attaché,
Des bords, où par vôtre ordre il m'a tenu caché,
Je puisse me revoir au sein de ma patrie,
En état d'apaiser la voix du sang qui crie :

C'eſt peu qu'après trois jours que comme un in-
connu,
Chez vous, hors de Memphis, vous m'avez retenu,
Vous ayez cette nuit, par vôtre vigilance,
Sur le fils du Tiran commencé ma vengeance ;
Pour l'achever encor, ſans expoſer mes jours,
A quoi vôtre amitié n'a-t-elle point recours ?
De ce fils inconnu dont j'ai puni l'audace,
Vous voulez que je prenne & le nom, & la place.
Que ſon guide immolé, ces gages que je tiens,
Pour tromper Amaſis, ſoient autant de moyens,
Qui m'ouvrant vers ſon cœur une route aſſurée,
Arrêtent de ſes jours la coupable durée.
J'écoute avidement, j'admire vos raiſons.
Mais ſévère ennemi des moindres trahiſons.
Ne puis-je faire aux Dieux ce juſte ſacrifice,
Plûtôt par ma valeur, que par mon artifice ?

PHANES.

Non, Seigneur : pour punir un Tyran furieux,
Les moyens les plus ſûrs, ſont les plus glorieux.
Rien n'eſt ſi dangereux que trop d'impatience.
Il faut que la valeur ſe joigne à la prudence.
Dans nos troubles paſſez, nul autre mieux que moi,
Ne ſuivit en tous lieux, le deſtin de ſon Roi.
Où ſerions-nous tous deux, quand il perdit la vie,
Si je n'euſſe écouté que ma ſeule furie ?
Foible contre Amaſis, je me joignis à lui.
Ne pouvant l'accabler, je devins ſon apui.
Et par là, de ſon cœur gagnant la confiance ;
J'ay ſçû vous préparer une illuſtre vengeance.
Déja, pour ce deſſein je viens de m'aſſurer,
De tous ceux qui pour nous ſe peuvent déclarer.
Les Prêtres de nos Dieux leur ont donné l'exem-
ple.
Ils ont même caché dans le fond de leur Temple,

Des soldats qu'en secret j'ai conduit dans Memphis.
J'ai fait plus. A leurs yeux, j'ai montré Cleophis,
Qui sans vous découvrir, pour redoubler leur zele,
A de vôtre retour répandu la nouvelle.
Tous les cœurs sont pour vous. Et maître de ces
    lieux,
Aussi-tôt que la nuit obscurcira les Cieux,
De nos braves amis marchant à vôtre suite,
Jusqu'au lit du Tiran je conduirai l'élite.
Là tout vous est permis. Vous n'aurez qu'à fraper.
Surpris de toutes parts, il ne peut échaper.
C'est en vain qu'agité des troubles formidables
Qu'impriment les remords dans le cœur des coupa-
    bles,
De ce vaste Palais parcourant les détours,
Il croit tromper les bras armez contre ses jours.
C'est là qu'au moindre bruit, craignant sa derniere
    heure,
En cent lieux différens, il change de demeure;
Et que plus malheureux que ses moindres sujets,
Il cherche le sommeil, qu'il ne trouve jamais.
Autour de son Palais, une garde empressée
De piques, & de dards, est toujours hérissée;
Er prêt d'immoler tout à ses premiers soupçons,
De tout ce qui l'approche, il craint des trahisons.
Ainsi jusqu'à tantôt gardez-vous d'entreprendre.
Voici le temps propice, où je lui puis apprendre,
Qu'un étranger sans suite, arrivé d'aujourd'hui,
D'un secret important, ne veut s'ouvrir qu'à lui.
Attendez-nous.

SESOSTRIS.

Phanès, voyons plûtôt ma mere.

PHANES.

La Reine! ô Dieux, Seigneur, que prétendez-vous
    faire?

Ignorez-vous le soin qu'on prend à la garder ?
Sans l'ordre du Tiran, nul ne peut l'aborder.
Ma fille, dont le cœur pour elle s'interesse,
La voyoit autrefois, & flattoit sa tristesse.
Il sembloit qu'il eût peine à souffrir son aspect.
Il fallut l'éloigner, pour n'être point suspect.
De femmes, de soldats, à toute heure entourée,
Du Temple seulement, on lui permet l'entrée,
Où demandant aux Dieux la fin de ses malheurs,
Son offrande ordinaire est celle de ses pleurs.
Mais loin de vous trahir, le Ciel vous favorise.
Si sa vûë, aujourd'hui, vous eût été permise,
C'étoit tout hazarder, que de vous découvrir.
Ses transports suffisoient pour vous faire perir.
Vous écouterez mieux la voix de la nature,
Quand vous aurez vangé vôtre commune injure.

SESOSTRIS

Hé bien, Phanès, allez, ne perdez plus de temps ;
Achevez de me rendre un Trône que j'attends,
Pour me voir en état de vous rendre justice,
Et d'en faire un hommage aux charmes d'Arthenice.

PHANES.

Ma fille ! hé quoi, Seigneur, par un servile espoir,
Croyez-vous m'exciter à faire mon devoir ?
Ah ! si de mes travaux, conservant la memoire,
Vous estimez mon sang digne de cette gloire,
Pour me forcer, sans honte, à vous tout accorder,
Regnez, soyez mon Roi, pour me le commander.

SCENE II.

SESOSTRIS *seul.*

IL fort ; & le Tiran va paroître à ma vûë !
Je fens à fon approche , une horreur imprévûë :
Je fens que cette idée éloigne de mon cœur ,
Tout autre mouvement que ceux de ma fureur.
O vous , de mes ayeux , demeure magnifique ,
Affervie à regret , fous un joug tyrannique !
Pala,isqu'aprés la mort du plus grand de vos Rois,
Ma mere de fes pleurs a lavé tant de fois !
Par vôtre cher afpect , pour ce fameux ouvrage ,
Excitez mes tranfports , redoublez mon courage.
Et vous de qui le fang empreint de toutes parts ,
Se vient offrir encore à mes triftes regards ,
Manes de mes parens qui demandez vengeance !
Mon ardeur eft égale à vôtre impatience.
Vous m'avez déja vû , plein d'un jufte couroux ,
Sur le fils du Tiran porter mes premiers coups.
Mais ce n'eft point affez qu'il ait ceffé de vivre :
Mé voici dans ces lieux. Son pere va le fuivre.
Je jûre par ce fer, qu'auffi-tôt que la nuit
Aura chaffé des Cieux le flambeau qui nous luit.
Par le fang d'Amafis , j'apaiferai vos ombres :
Ou je vous rejoindrai dans les royaumes fombres.

SCENE III.

AMASIS, SESOSTRIS, PHANE'S, Gardes.

AMASIS *à Phanés.*

QUel est cet étranger qui demande à me voir ?
Que veut-il? d'où vient-il? n'as-tu pû le sçavoir?

PHANE'S.

Non, Seigneur. Il ne veut s'expliquer qu'à vous-
même.
Le voici.

AMASIS.

Juste Ciel ! ma surprise est extrême ;
Quel trouble, à son abord, s'éleve dans mon cœur !
Approchez étranger. Que voulez-vous ?

SESOSTRIS.

Seigneur,
Souffrez que je vous rende une derniere lettre,
Qu'à Ladice, en vos mains, j'ay promis de remettre.

AMASIS.

J'en reconnois encore & les traits, & le sein.
Que veut-elle ? lisons ; & sçachons son dessein.

il lit.

Vôtre amour pour la Reine, & vos desseins pour elle,
De vos Etats, Seigneur, m'ont jadis fait sortir ;
Mais du moins en perdant un époux infidelle,
A perdre encore un fils, je ne pus consentir :
Aujourd'hui que le sort, pour vous combler de joie,
Par mon trépas enfin dégage vôtre foi ;
N'étendez point l'horreur que vous eûtes pour moi,
Sur ce fils que je vous renvoie.

8   AMASIS,

Ladice. Ah ! quels transports m'agitent à la fois !
Psammenite ! mon fils ! est-ce vous que je vois ?
Vous que sur un soupçon conçû par vôtre mere,
A retenu quinze ans une terre étrangere ?

SESOSTRIS.

C'est moy-même, Seigneur : & le sort m'est bien doux,
Qui me permet enfin de m'approcher de vous.

AMASIS.

Mais d'où vient que Ménès n'est point à vôtre suite :
Lui qui de vôtre mere accompagna la fuite ?

SESOSTRIS.

Seigneur, il ne vit plus : chargé d'ans, & de soins,
Mes yeux de son trépas, ont été les témoins.

AMASIS.

Quoi ! Ladice en vos mains, n'a point mis d'autre
     gage ?

SESOSTRIS.

Seigneur, si mon récit vous donne quelque ombrage,
Si ces lettres d'ailleurs sont peu dignes de foi ,
Ce fer, & cet anneau vous parleront pour moi.

AMASIS.

Donnez.   Ciel ! il est vrai ; c'est la marque sincere,
Qu'eut jadis „ de ma foi , Ladice vôtre mere.
Mais ce n'est point le fer dont fut armé mon fils.

SESOSTRIS.

Non, Seigneur. C'est celui que portoit Sesostris.

AMASIS.

Sesostris ?

SESOSTRIS.

         Oüi , d'un sang fatal à ma patrie,
J'ai dans mon ennemi , surmonté la furie ;
Et voici devant vous le garant de sa mort.

AMASIS.

Hé ! comment vôtre bras a-t-il fini son sort ?

SESOSTRIS.

Aſſez près de ſes murs , par un avis fidelle ,
Du chemin qu'il prenoit , ayant eu la nouvelle ,
J'ai voulu que mon pere , en entrant dans Memphis ,
Eut lieu de s'applaudir du retour de ſon fils.
Je l'attens au paſſage , & je le voi paraître.
Il ne démentoit point le ſang qui le fit naître.
L'inſolence & l'orgueil paroiſſoient dans ſon port.
Nôtre âge , je l'avouë , avoit quelque raport ;
Mais mon cœur aux vertus , inſtruit par ſa naiſſance ,
N'avoit avec le ſien aucune reſſemblance ,
Je le joins : je me nomme : il s'arrête : & ſoudain
Il venoit m'aborder les armes à la main ;
Quand un vieux Gouverneur qui marchoit à ſa ſui-
te ,
Croyant par quelque effort , rallentir ma pourſuite ,
Me force à le punir de ſa témérité.
Son maître , à cet objet , de fureur agité ,
En redouble pour moi , ſa haine impétüeüſe.
La victoire , entre nous , flote long-temps douteuſe.
Mais enfin indigné contre un ſang odieux ,
Qu'a proſcrit dès long-temps la juſtice des Dieux ,
Sous mes coups redoublez , je le vois qui ſuccombe.
Il recule : j'avance. Il ſe débat. Il tombe.
Là , ſans être touché de ſon ſort abatu ,
Mon bras de l'achever ſe fait une vertu ;
Et de ſes flancs ouverts , ſon ame fugitive ,
S'envole avec un cri , ſur l'infernale rive.

AMASIS.

Ah ! que cette victoire , & vôtre heureux retour ,
Secondent les deſſeins que je forme en ce jour !
Dieux ! que par ce récit ma joïe eſt redoublée !
Quel plaiſir de montrer à l'Egipte aſſemblée ,
Un fils victorieux que le Ciel m'a rendu !
Un fils plus ſouhaité qu'il n'étoit attendu.

Et dont , en arrivant , la valeur salutaire,
Assûre la Couronne , & les jours de son pere !
Allez-vous reposer, Tandis que sans témoins.
A combler vôtre espoir , je vais donner mes soins.
Je ne veux ni grandeur , ni gloire , ni fortune
Qu'entre-nous , desormais, je ne rende commune.
Vous verrez mon amour , par mon empressement.
Gardes , menez ce Prince , à mon appartement ;
Et que par vos respects , par vôtre obéïssance ,
On ne mette entre nous , aucune difference.
à Sesostris.
Allez. Dans un moment, je vous rejoins.

SCENE IV.

AMASIS, PHANES.

A M A S I S *continuë.*

Et toi ,
APproche. Et viens sçavoir les secrets de ton Roi,
Phanès. Voici le jour qu'un heureux hyménée
Va , selon mes souhaits , fixer ma destinée ,
Aux yeux de mes sujets que je fais assembler.

PHANES.

Ah, Seigneur ! pour vos jours, vous me faites trem-
bler.
Quoi ! vous songez encore à l'himen de la Reine ?
Si le temps , ni vos soins , n'ont pû calmer sa haine,
Croyez-vous lui trouver un esprit plus soûmis ,
Lorsqu'elle va sçavoir le meurtre de son fils ?
Ignorez-vous, Seigneur, en voulant la contraindre ,
Combien dans sa vengeance, une femme est à crain-
dre ?

Et que le nom d'époux , dans ſes embraſſemens,
Loin de vous dérober à ſes reſſentimens ,
Ne feroit qu'enhardir ſa main deſeſperée ,
A vous porter au cœur une atteinte aſſûrée ?

A M A S I S.

Qu'avec raviſſement j'écoûte tes avis !
Je me ſuis déja dit tout ce que tu me dis ,
Phanès ; & ma puiſſance eſt aſſez affermie,
Sans mettre dans mon lit cette fiere ennemie.
Les Dieux m'ont mis au Trône. Il faut m'y main-
    tenir.
Puiſque c'eſt leur ouvrage , il faut le ſoûtenir.
Par les ſoins que je prens à deffendre ma vie ,
Leur gloire attend de moi , que je les juſtifie.
Cependant , t'avoûrai-je , une foule d'ennuis ,
Qui ne ſortent jamais de la place où je ſuis ?
J'ai monté par le meurtre à ce degré ſuprême.
Un autre , à mon exemple , en peut faire de même.
Il eſt toujours quelqu'un qui cherche à nous trahir,
Et plus on eſt puiſſant , plus on ſe fait hair,
Voila ce que je crains V:oila ce qui me trouble.
En redoublant mes ſoins , ma frayeur ſe redouble.
Je crois ne voir par tout que des pieges ſecrets.
Que des traîtres cachez au fond de ce Palais.
Je prens pour aſſaſſius , tout ce qui m'environne,
Nul ne peut m'approcher , que je ne le ſoupçonne.
Mon fils même , ce fils qui vient de triompher ,
D'un monſtre qu'en naiſſant , je ne pûs étoufer ,
N'a pû ſe garantir de ma terreur ſecrette.
J'ai ſenti dans mon ſein , la nature müette ;
Et s'il ne m'eût remis ces gages de ſa foi ,
Je frémis de l'accueil qu'il eût reçû de moi.
Toi-même , à qui je dois la moitié de ma gloire,
Toi qui vins confirmer ma derniere victoire,

Ne ſçachant quelquefois par où j'ai mérité,
Ces effers ſurprenânts de ta fidélité ,
De ton pouvoir trop grand , mon ame eſt allarmée,
Je te vois ſi chéri du peuple , & de l'Armée ,
Que le rang de Miniſtre où ma faveur t'a mis ,
Releve de l'Egipte , & non pas d'Amaſis.
Contre un ſujet ſuſpect , je ſçais ce qu'on peut faire.
Cependant je te crois , & fidele , & ſincere.
Mais pour n'avoir plus lieu de doûter de ta foi ,
Par de ſi forts liens , je veux t'unir à moi ,
Que ton ambition n'ait plus rien à prétendre :
Enfin , je ſuis ton Roi : je veux être ton gendre.

PHANES.

Seigneur....

AMASIS.

   Pour m'aquiter de ce que je te doi ,
Il faut que je te force à tenir tout de moi.
Il faut que mon bonheur faſſe ta récompenſe.
Que ta fille , en un mot. … La voici qui s'avance.

PHANES.

Ciel ! qu'eſt-ce que je vois ? ma fille dans ces lieux !

SCENE V.

AMASIS, PHANES, ARTHÉNICE, MICERINE.

AMASIS.

Venez voir les effets du pouvoir de vos yeux ;
Et ſçavoir les raiſons qui vous ont arrachée ,
De l'indigne retraite , où vous êtiez cachée :

Je

Je veux vous faire un fort digne de vos appas ,
Un fort que vôtre fang ne vous promettoit pas ;
Et pour vous confirmer cette heureufe nouvelle ,
Au Trône de l'Egipte , Amafis vous appelle.
Avant la fin du jour , pour ce nœud folemnel ,
Préparez-vous enfemble , à me fuivre à l'Autel ;
Et pour tant de bontez qui devroient vous confon-
  dre ,
A l'honneur de mon choix, ne fongez qu'à répondre.
Adieu.

SCENE VI.

PHANE'S , ARTHENICE, MICERINE.

PHANE'S.

Que penfez-vous de cet ordre abfolu ?
Trouve-t-il à le fuivre , un efprit réfolu ?

ARTHENICE.

C'eft à vous d'ordonner : le Roi, ni fa puiffance ,
Ne fçauroit me fouftraire à vôtre obéïffance.

PHANE'S.

La Couronne pour vous a-t-elle des appas ?

ARTHENICE.

Je fens que fon éclat ne m'êbloüiroit pas ;
Et le rang qu'en ces lieux , vôtre vertu vous donne,
Permet à vôtre fang , l'efpoir d'une Couronne.

PHANE'S.

Mais s'il faut qu'Amafis devienne vôtre époux ,
Ma fille , en quelle eftime eft-il auprè de vous ?

ARTHENICE.

De ses crimes, Seigneur, qui comblent la mesure,
Vous m'avez fait cent fois, la sanglante peinture,
Et s'il faut que mon cœur se découvre à vos yeux ,
Tel que sans artifice, il se fait voir aux Dieux :
Vous avez tout pouvoir sur le sort d'Arthenice ;
Mais si vous m'imposez un dur sacrifice,
Je ne vous répons pas que ce cœur gémissant,
Ne souffre aucune peine, en vous obéïssant :
Ni que d'un Sceptre offert , je puisse être charmée,
Quand il vient d'une main, au meurtre accoûtumée.

PHANES.

Ma fille, embrassez-moi : que cet aveu m'est doux !
Voila les sentimens que j'attendois de vous.
Contre un Tiran chargé de la haine publique ,
Gardez, sans le montrer, cet orgueil héroïque.
Pour vous soustraire au joug qu'il veut vous im-
    poser,
Par un chemin nouveau , je vais tout disposer.
J'en attens pour tous d'eux une gloire éclatante;
Et si l'événement répond à mon attente,
Esperez d'une main plus digne de regner,
Les biens que vos vertus vous feront dédaigner.
De tout, avec le temps, vous serez mieux instruite ,
Adieu... De vôtre sort, laissez-moi la conduite ;
Et quoique l'on propose à vôtre vanité,
Craignez de faire un choix, sans mon autorité ,

SCENE VII.

ARTHENICE, MICERINE.

ARTHENICE.

O Ciel ! qu'ay-je entendu, ma chere Micéri-
ne ?

MICERINE.

Quoi, Madame !

ARTHENICE.

Quel est le sort qu'on me destine !
Amasis me presente, & son Trône, & sa foi :
La Reine, pour son fils, veut s'assûrer de moi ;
Et mon pere, à tes yeux, vient de me faire entendre,
Qu'à son choix seulement, je sois prête à me rendre.
Sa bouche vient trop tard, m'imposer cette loi :
Mon cœur, pour obéïr, ne dépend plus de moi.

MICERINE.

Cet aveu me surprend ! Qu'est devenu, Madame,
Ce tranquile repos qui régnoit dans vôtre ame ?
Quel charme, ou quel chagrin a pû vous en priver ?

ARTHENICE.

Un Etranger...

MICERINE.

Hé bien ?

ARTHENICE.

Je ne puis achever !

MICERINE.

Quoi, celui qu'on a vû dans nôtre solitude,
Auroit-il part, Madame, à vôtre inquietude ?

Lui qui par vôtre pere, envoyé parmi nous,
Durant trois jours à peine, a paru devant vous,
Et qui se dérobant aux yeux de tout le monde,
Partit hier, en secret, dans une nuit profonde ?

A R T H E N I C E.

C'est ce même inconnu ! Pour mon repos, helas !
Autant qu'il le devoit, il ne se cacha pas.
Je le vis : j'en rougis : mon ame en fut émuë ;
Et pour quelques momens qu'il parût à ma vûë,
Je sens bien que mon cœur en a reçû des traits,
Que l'absence & le temps n'éfaceront jamais.
Que dis-je, ce matin, je devançois l'aurore,
Pour goûter la douceur de le revoir encore :
Quel trouble, à mon réveil, n'ai-je point ressenti ?
Sans m'apprendre son sort, j'apprens qu'il est parti,
Et soudain dans ces murs dont j'étois éxilée,
Par un ordre du Roi, je me vois rappellée.
Alors, je l'avouërai, j'ai repris quelque espoir ;
J'ai crû que dans Memphis, je pourrois le revoir,
A ce brûlant desir, je m'abandonnois toute ;
Et d'un œil attentif, j'en parcourois la route,
Quand ces deux malheureux sur la terre étendus,
Ont redonné l'allarme à mes sens éperdus :
J'ai vû dans le premier, quelque reste de vie ;
Son âge vénérable a mon ame attendrie :
Mais tandis qu'immobile, & sourd à tes desirs,
Sa voix pour s'exprimer, n'avoit que des soûpirs ;
Combien pleine d'horreur, & de crainte glacée,
Vers l'autre pâle, & mort, je m'étois avancée !
Combien en l'abordant, je détournois les yeux !
Je ne l'ai point connu, j'en ai beni les Dieux,
Ma pitié seulement s'est bornée à lui rendre
Ce qu'après le trépas, tout mortel doit attendre ;
Tandis qu'au lieu voisin que nous avions quitté,
Le vieillard, par ton ordre, avoit été porté.

Enfin de ma frayeur à peine revenuë,
Me voici dans ces murs où j'étois attenduë.
Je n'y vois point celui que cherchoient mes souhaits,
Et je dois souhaiter de ne l'y voir jamais :
Baniſſons de mon cœur cette idée importune :
Et remettant aux Dieux, le ſoin de ma fortune ;
Allons, pour diſſiper le deſordre où je ſuis,
Au pied de leurs Autels, l'oublier.... ſi je puis,

Fin du premier Acte.

ACTE II.
SCENE PREMIERE.

NITOCRIS, CANOPE.

CANOPE.

Uoi ! des vives douleurs où vous êtiez
　　en proïe,
Peut-on paſſer ſi vîte, à cet excés de joïe,
Madame ? & ſe peut-il qu'un ſi grand
　　changement,
Soit l'ouvrage d'un jour, ou plûtôt d'un moment?
Croirai-je que le Ciel une fois pitoyable,
Ait daigné vous montrer un regard favorable ?
Quel préſage du Temple, avez-vous apporté ?
Ne puis-je prendre part à cette nouveauté ?
Un moment, avec moi, ceſſez de vous contraindre,
Madame ; dans ces lieux, vous n'avez rien à crain-
　　dre.
C'eſt ici qu'Amaſis doit venir vous parler ;
Vos Gardes ſont ſortis pour ne vous point trou-
　　bler :
Celle que parmi nous, ſes préſens ont gagnées,
De vos yeux, par reſpect, ſe tiennent éloignées ;
Et mon zele, pour vous, a trop bien éclaté,
Pour vous laiſſer douter de ma fidelité.

NITOCRIS.

J'aurois tort d'en douter : ô ma chere Canope !
Il faut bien qu'à tes yeux , mon cœur se dévelope.
Dans mes longs déplaisirs , pourrois-tu soupçonner,
Qu'à qurlque joïe encore , il pût s'abandonner ?
Voici le jour hûreux qui va finir mes peines !
J'ai reçû de mon fils , des nouvelles certaines.
Le bruit de son retour , en ces lieux répandu ,
A frappé ce matin mon esprit éperdu.
Et pour rendre le Ciel , à mes desirs propice ,
J'ai couru dans le Temple , offrir un sacrifice.
Là , j'ai fait informer de mon intention ,
L'Interprete absolu de la Religion :
Le seul qui des Tirans balançant la puissance ,
Ait de quoi réprimer leur injuste licence.
A peine a-t-il paru , que son auguste aspect ,
A rempli tous les cœurs de crainte , & de respect.
De tous mes surveillans , il m'a débarassée :
J'ai marché sur ses pas : je me suis avancée ,
Dans un lieu qu'au silence on avoit consacré :
Lieu , que l'astre du jour n'a jamais pénétré ,
Où la Divinité que l'Egipte y révère ,
Se voit au sombre éclat d'une pâle lumière.
C'est alors qu'embrassant le marbre de ses pieds ,
Après que de mes pleurs , ils ont été noïez ;
Et que ma voix éteinte , & mal articulée ,
Au secours de mon fils , l'a cent fois appellée.
J'ai senti tout à coup , un changement soudain.
Un espoir inconnu s'est glissé dans mon sein !
La flâme du bucher s'est d'abord allumée :
Elle a brillé dans l'air , sans pousser de fumée.
La Victime aussi-tôt présentée à l'Autel ,
N'a point en gémissant reçû le coup mortel ;
Et le Prêtre attentif à ce pieux office ,
N'a rien vû dans ses flancs, qui ne me fût propice,

D'une fainte fureur, en même temps , épris ,
Reine , rends, m'a-t-il dit, le calme à tes efprits :
Ton fils eft en ces lieux ; avec la tirannie,
Avant la fin du jour , ta mifere eft finie.
Il triomphe : tout fuit : tout cède à fon éfort',
Le Tiran va tomber ; il expire : il eft mort.
Il dit ; & me quitant après cette réponce ,
Dans un antre oppofé , je le vois qui s'enfonce ;
Et moi pleine de joïe , & d'un efprit content ,
Je reviens dans le Temple, où ma garde m'attent.
Mais je reviens à peine , ô comble d'allegreffe !
Que des Dieux tout-puiffans , j'éprouve la pro-
　　meffe.
Et pour me confirmer le retour de mon fils ,
En rentrant au Palais, j'ai vû....
CANOPE.
Qui ?
NITOCRIS.
Cléophis.
CANOPE.
Lui qui de vôtre fils, avec des foins fidelles ,
Vous venoit autrefois aporter des nouvelles :
Mais qui depuis le jour, que pour armer ce fils ,
Le fer de vôtre époux, en fes mains fut remis :
Ce fer que vous gardiez , dans fes jeunes années ,
Pour relever un jour , vos triftes deftinées !
Dans les murs de Memphis, ne s'étoit plus fait voir?
Et dont même vos foins n'avoient pû rien fçavoir ?
NITOCRIS.
C'eft lui-même, & d'abord que je l'ay vû paroître ,
Mes yeux, après dix ans, n'ont pû le méconnoître.
Il n'a pû me parler ; mais fes regards contents ,
M'ont affez confirmé le bonheur que j'attends.
Mon fils revient, Canope, au fecours de fa mere :
Il va perdre Amafis : il va venger fon pere :

Dieux ! avec quelle ardeur je compte les momens ,
Où je pourai joüir de ses embrassemens ?
Je crois déja le voir au rang de ses Ancêtres ;
Et le Nil retourné sous les loix de ses Maîtres.
Déja je m'abandonne, aux transports les plus doux…

CANOPE.

Que faites-vous ? Ah Ciel ! le Tiran vient à vous.

SCENE II.

AMASIS , NITOCRIS , CANOPE ,
Gardes.

AMASIS.

PUis-je sçavoir de vous ce que je dois attendre
Des decrets immortels que vous venez d'enten-
dre,
Madame ? Et si les Dieux consultez sur mon sort,
Vous ont promis , au Temple , ou ma vie , ou ma
mort ?

NITOCRIS.

Pour apprendre des Dieux , les volontez suprêmes,
Vous n'avez pas besoin qu'ils s'expliquent eux-mê-
mes.
Voïez par quels forfaits vous êtes couronné ;
Et vous sçaurez le sort qui vous est destiné.

AMASIS.

Je sçais bien plus. Je sçais que dans un sacrifice,
Quelque signe trompeur vous a paru propice ;
Que le Prêtre à vos vœux , a promis mon trépas.
Madame , sur ce point , je ne vous presse pas.

Vôtre joye en fortant, de chacun remarquée ,
Pour m'informer de tout , s'eft affez expliquée.
Mais je voudrois fçavoir quel eft cet Etranger ,
Que vos yeux en rentrant viennent d'envifager.
Pourquoi tout ce matin vous a-t-il attenduë ?

N I T O C R I S.

Quoi donc ! Quel étranger s'eft offert à ma vuë ?

A M A S I S.

A mes foins vigilans , rien ne peut échaper;
Et j'ai par tout des yeux que l'on ne peut tromper.
Que vouloient vos regards attachez l'un fur l'autre?
Quel étoit fon deffein ? quel peut être le vôtre ?

N I T O C R I S.

Si j'ai quelques fecrets que je veüille cacher,
Penfez-vous de mon fein , les pouvoir arracher ?
A l'artifice encore ajoûtez les menaces :
Mon cœur s'eft endurci par toutes fes difgraces.
Et quelqu'autre malheur qui puiffe m'accabler,
Vous fçaurez mes fecrets, quand je pourai trem-
bler.

A M A S I S.

Tremblez donc ; car vos yeux m'en ont plus fait
comprendre ,
Que vos difcours ici ne m'en fçauroient aprendre.
C'eft donc cet impofteur, qui jufque dans ma Cour,
De vôtre fils , Madame , a femé le retour ?
Et qui par le fecours de ce bruit téméraire,
A trouvé , fans éfort , le fecret de vous plaire ?
Je ne m'étonne plus , après de tels projets,
Qu'on l'ait vû fi matin , aux portes du Palais,
Il cherchoit à vous voir, vous le cherchiez peut-
être ,
Vôtre ame s'eft émuë , en le voïant parêtre :
Vos regards & les fiens fe trouvant à la fois ,
Ont fait également l'office de la voix ;

Et de ces confidents, le raport peu fidele,
Vous a de mon malheur, confirmé la nouvelle.
Que toujours Sefoftris eft prêt à m'immoler...
                NITOCRIS.
Oüi, Tiran, il eft vrai;   c'eft trop diffimuler:
Je vois que tu fçais tout. Ta politique infame,
N'épargne aucun moïen, pour lire dans mon ame.
Je vois que mes difcours te font tous racontez.
Qu'on obferve mes yeux, que mes pas font comptez.
Et par une rigueur qui n'eut jamais d'exemple,
On t'apréd jufqu'aux vœux que je fais dans le Téple.
Mais dans mon trifte fort, j'efpere toutesfois,
Que je n'ai pas long-temps à gémir fous tes loix.
Egalement haï du Ciel & de la terre, ∙
Tu ne peux éviter le fer, ou le tonnerre.
Les Dieux, à mon fecours, ont amené mon fils.
Son nom eft cher encore aux peuples de Memphis.
Tout le monde te hait, & tout le favorife :
Tous fuivront un parti que le Ciel autorife.
De fon courage ardent à punir tes forfaits,
Chaque moment qui fuit, avance les effets ;
Chaque moment ne fait que remplir l'intervale,
Qui t'éloignoit encore de ton heure fatale.
                A M A S I S.
Peut-être aurois-je à craindre un pareil attentat,
Si de l'éxécuter il étoit en état.
Mais ma vie aujourd'hui n'eft pas bien hazardée,
Si ce n'eft que fur lui, que ma perte eft fondée.
                NITOCRIS.
Hé ! qui peut arrêter fon généreux éfort ?
Di, qui peut l'empêcher de t'immoler ?
                A M A S I S.
                                        Sa mort.
            NITOCRIS.
Mon fils eft mort !

AMASIS.

Conduit par sa noire furie,
Il venoit dans ces murs, pour m'arracher la vie ;
Lors qu'un bras triomphant envoyé par les Dieux,
L'a privé pour jamais, de la clarté des Cieux.

NITOCRIS.

Non, je ne le crois point : la celeste puissance,
Ne trahit point ainsi les vœux de l'innocence;
Moi-même, j'en ai vû des signes assûrez.

AMASIS.

Si vous n'en croïez rien, d'où vient que vous pleu-
    rez ?

NITOCRIS,

Auprès du mon Tiran, puis-je être sans allarmes ?
Et parler de mon fils, sans répandre des larmes ?
Mais comment ? qui t'a dit ? d'où sçais-tu qu'il est
    mort ?

AMASIS.

Celui qui l'a vaincu, m'en a fait le raport.

NITOCRIS,

O Ciel !

AMASIS.

N'en doutez point, je le sçais de lui-même:
Il est dans mon Palais, & ma joïe est extrême,
De pouvoir vous montrer l'auteur de son trépas.

NITOCRIS.

Quand il me le diroit, je ne le croirois pas,
Je vois que ta frayeur lui dicte ce langage,
Tu crois que pour sortir d'un si long esclavage,
Au récit de sa mort, sans secours, sans espoir,
Je pourai m'abaisser à trahir mon devoir ;
Et que par nôtre himen, j'arrêterai la foudre,
Dont les Dieux, & mon fils, vont te réduire en
    poudre.

Mais

Mais d’un pareil espoir , cesse de te flatter.
Adieu. L’orage gronde   , il est prêt d’éclatter.

AMASIS.

Orgueilleuse , tremblez ; c’est sur vous qu’il va fon-
dre.
Qu’on appelle mon fils : qu’il vienne la confondre.
Qu’il me suive.

SCENE III.

AMASIS, PHANE’S, Gardes.

PHANE’S

Seigneur , gardez-vous de sortir.
On en veut à vos jours. Je viens vous avertir ,
Qu’aux portes du Palais , un insolent murmure ,
Vous ose , avec le Prince , accuser d’imposture ;
Et que de Sésostris , publiant le retour,
On s’obstine à nier qu’il ait perdu le jour.

AMASIS.

Hé ! qui peut à mon peuple, inspirer cette audace ?
Est-ce cet inconnu qu’on a vû dans la place ?

PHANE’S.

Oüi , Seigneur , c’est lui-même.

AMASIS.

Et l’on ne l’a pas pris ?
Courez , Gardes…

PHANE’S.

Seigneur , rassûrez vos esprits :

C

Se voyant découvert, il a crû que la fuite
Pouroit le garantir de ma juste poursuite :
Mais j'ai partout des bras qu'il ne peut éviter.
Mes ordres sont donnez pour le faire arrêter ;
Et bien-tôt de sa bouche, aprenant ses complices ,
Vous le ferez dédire, au milieu des suplices.

AMASIS.

Ah ! c'est mettre le comble à ce que je te doi.
Dispose, ordonne, agi, je m'abandonne à toi.
Va, cours... Que de Memphis, les portes soient fer-
    mées.
Disperse où tu voudras, mes legions armées.
N'épargne rien sur tout, pour l'amener ici,
Tandis qu'avec mon fils, je vais... Mais le voici.

SCENE IV.

AMASIS, SESOSTRIS, Gardes,

AMASIS.

Vien me tirer, mon fils, d'une peine mortelle.
On seme parmi nous, une étrange nouvelle.
On dit que Sésostris n'a point fini ses jours.

SESOSTRIS.

Hé ! qui peut vous tenir de semblables discours ?

AMASIS.

Un traître, un inconnu, par ce bruit qui m'outrage,
Du peuple, contre nous, excite le courage ;
Et la Reine, à mes yeux, vient de le soûtenir.
Il faut les détromper, avant de les punir,

Pour lui , dans un moment, j'espere le confondre.
Il fuit ; mais de sa prise, on vient de me répondre.
On le cherche partout : il ne peut aller loin.

SESOSTRIS.

Quoi, Seigneur....

AMASIS.

Oüi, Phanès s'est chargé de ce soin.
Pour la Reine , ce jour va m'en faire justice :
Mais avant que ma haine ordonne son suplice,
Avant de l'immoler , je veux que son raport ,
Confirme,aux yeux de tous, ta naissance,& ton sort,

SESOSTRIS.

La Reine !

AMASIS.

Pour finir de semblables murmures ,
De la mort de son fils , je veux que tu l'assûres ;
Que tu fasses briller un moment , à ses yeux ,
Ce fer, de ta victoire , instrument glorieux :
Et que par cet objet , confirmant sa disgrace ,
Nous la forcions d'aller au milieu de la place ,
Pour y dire elle-même , au peuple de Memphis ,
Que ton bras a vaincu le dernier de ses fils.

SESOSTRIS.

Moi,pour leur confirmer ma gloire,& ma naissance,
D'un semblable détour , implorer l'assistance !
Non , non, pour détromper les esprits abusez,
Et réünir pour moi , tous les cœurs divisez,
Commandez qu'avec vous, je paroisse à leur vûë ;
Et non devant les yeux d'une mere éperdûë ,
Qui n'a que trop soufert de ses autres malheurs,
Sans que par mon aveu, j'irrite ses douleurs.

AMASIS.

Quoi ! toi, qui de son fils, n'as pas craint les apro-
    ches ,
D'une femme en fureur, tu craindrois les reproches?

Trouverai-je ton cœur plus foible que ton bras ?
Je le veux ; il suffit : ne me replique pas.
Ta résistance ici , deviendroit inutile.
Allez , Gardes...

SCENE V.

AMASIS, SESOTRIS, ARTHENICE, MICERINE, Gardes.

ARTHENICE.

SEigneur ! où sera mon azile ?
Quel spectacle crüel pour mes yeux étonnez !
Vos sujets contre moi se font tous mutinez.
A peine je sortois , qu'ils m'ont environné :
Les uns de ma naissance , ont maudit la journée :
D'autres plus insolens , d'une prophane main ,
Du Temple, & des Autels , m'ont fermé le chemin:
Et poussant de longs cris qui menaçoient ma vie ,
Aux portes du Palais , leur foule m'a suivie.
Ils ne sçauroient soufrir d'une commune voix ,
Que le sang d'un sujet leur impose des loix ;
Tandis que de leur Roi, la veuve infortunée ,
Acheve dans les fers , sa triste destinée.
Ils n'imputent qu'à moi, les maux qu'elle a soufferts;
Et si dans un moment, vous ne brisez ses fers ,
Pour l'attacher à vous , par un nœud legitime,
Vous me couronnerez , pour être leur victime.

SESOSTRIS.

Qu'entens-je ?

AMASIS.

Quoi ! ce peuple afservi fous mes loix ,
A la témérité de condamner mon choix ?
Il brave jufque-là , ma grandeur fouveraine ?
Allons , mon fils , avant qu'on appelle la Reine ;
Allons nous préfenter à ces audacieux...

ARTHENICE.

Que vois-je ? lui Seigneur , vôtre fils ! juftes
Dieux !

AMASIS.

Oüi , c'eft l'unique fruit d'un premier himénée.
Je vais calmer les bruits qui vous ont étonnée :
Et forcer ces mutins dignes de mon couroux ,
A ne plus voir ici d'autre Reine que vous.

SESOSTRIS.

J'ajoûterai , Madame , avec un cœur fincere ;
Qu'on ne peut mieux remplir la place de ma
    mere ,
Je brûle également que vous donniez des loix ,
Sur un Trône où le fang me donne quelques droits;
Et pour vous confirmer le grand titre de Reine ,
Vous verrez s'il eft rien que mon bras n'entre-
    prenne.

SCENE VI.

ARTHENICE, MICERINE.

ARTHENICE.

QUelle furprife , ô Ciel ! quel abord imprévû !
Où fuis-je ? qu'a-t-on dit ? qu'ai-je oüi ?
qu'ai-je vû ?

De cet événement que faut- il que je croïe ?
Est-ce une illusion que le sommeil m'envoïe ?
Celui qui de mon cœur, avoit troublé la paix,
Celui dont malgré moi, je conservois les traits,
Et dont l'éloignement me sembloit si funeste,
Est le fils d'un Tiran que mon ame déteste !
Dont le bras tout sanglant se prépare aujourd'hui
A me donner la mort, en m'attachant à lui !
O rencontre fatale, & qui me desespere !
Quoi ! l'horreur que je sens pour les crimes du
    pere,
L'effroi dont sa promesse agite mes esprits,
Ne sçauroit un moment, s'attacher sur le fils ?
Quel charme dangereux me surprend, & m'ar-
    rête ?
O Ciel ! à quels tourmens faut-il que je m'aprête ?
Quels combats pour mon cœur ! que de trouble à la
    fois ?
Si je veux le haïr autant que je le dois ?

MICERINE.

Hé, pourquoi sans besoin, vous montrer si severe ?
Doit-il être garant des crimes de son pere ?
Et par mille vertus ne peut-il démentir,
L'injustice du sort qui l'en a fait sortir ?

ARTHENICE.

Non, non, quelque vertu qui brille en sa personne,
Il est toujours d'un sang que le crime couronne.
Phanès qui me défend d'épouser Amasis,
Ne souffrira jamais que j'écoute son fils.
Quoique pour les Tirans, son grand cœur entre-
    prenne,
Je sçai ce qu'en secret, il leur porte de haine ;
Et qu'il n'est point de mort qu'il n'ose dédaigner,
Avant que leur himen me force de régner.

J'en ay reçû tantôt l'affûrance infaillible.
Cependant Amafis, ô fouvenir terrible !
Bien-tôt dans ce Palais, reviendre me chetcher :
A fon fort que j'abhorre, il voudra m'attacher ;
Mais pour rompre l'himen que fon cœur fe pro-
 pofe,
Allons revoir mon pere, emploïons toute chofe,
Et parmi tant de maux que mon ame reffent,
Comme au plus grand de tous, courons au plus
 preffant.

Fin du fecond Acte,

ACTE III.
SCENE PREMIERE.

SESOSTRIS, PHANE'S.

PHANE'S.

LA Reine va venir ; & de cette entre-vûë,
Le Tiran fur fes pas , viendra fçavoir
   l'iffuë ;
Et fans doute avec vous , il y feroit
   venu ,
Si ma prudence ailleurs, ne l'avoit retenu.
Pour vous, pour nos amis, que de fujets de craindre !
Mais puifque ç'en eft fait, fongez à vous contraindre :
Que nôtre fort dépend de ce que vous ferez ,
Et que tout eft perdu , fi vous vous déclarez.

SESOSTRIS

Hé , comment voulez-vous qu'auteur de fes allar-
   mes,
Je puiffe réfifter à fes cris, à fes larmes ?
Que j'aïe en la voïant, affez de crüauté...

AMASIS.

Dieux ! voici le peril que j'ai tant redouté.
Seigneur , fi Cleophis vient d'expofer fa vie,
Pour avoir un moment attendu fa fortie ,
Qu'allez-vous devenir , fi durant fes tegrets,
Vous ne pouvez cacher vos fentimens fecrets ?

Ah ! voyez quels perils fuivroient cette imprudence,
Si j'euffe en ce befoin, manqué de prévoyance !
Si dans le temps fatal qu'avec empreffement,
On cherche Cléophis, par mon commandement ;
Des Prêtres d'Ofiris la troupe conjurée,
N'eût daigné le cacher dans l'enceinte facrée.
Que fa faute, Seigneur, vous faffe ouvrir les yeux !
C'eft un avis exprès envoyé par les Dieux,
Qui fe fervent fouvent de la chute d'un autre,
Pour nous faire un exemple, à détourner la nôtre.
Profitez du defordre où l'on voit Amafis.
De crainte, & de couroux, tous fes fens font faifis,
De voir que dans ces murs, fa proïe envelopée,
Eft comme par miracle, à fa rage échapée.
Tandis que furieux, & furpris, & troublé,
Par un pouvoir célefte, il paroît aveuglé ;
Frapons. Ne tenons plus fa perte fufpenduë.
Que la foudre, en tombant, lui défille la vûë,
Allons hâter l'effet de ce noble deffein ;
Et ne vous déclarez, que fa tête à la main.

SESOSTRIS.

Oüi, c'eft trop retenir ma jufte impatience :
Pourquoi jufqu'à la nuit remettre ma vengeance.
Vingt fois, en le voyant, prêt à me découvrir,
Je me fuis vû tenté de le faire périr.
Qu'à feindre fi long-temps, un grand cœur a de
    peine !
Mais enfin, je me livre aux tranfports de ma haine,
Plus de retardement. Il le faut immoler ;
Et je vais...

PHANES.

    Ah, Seigneur ! où voulez-vous aller ?
Songez-vous qu'en ces lieux, fa garde l'environne ;
Qu'ils veillent tous enfemble, autour de fa per-
    fonne.

Des rivages brûlans, où commence le jour,
A force de bienfaits, attirez dans sa Cour,
Acoûtumez au sang, nouris dans le carnage,
Ces barbares du peuple ignorent le langage :
Et nul jusqu'à ce jour, n'a connu d'autre voix,
Que celle du Tiran qui leur donne des loix.
Ainsi si vous suivez cette funeste envie,
Songez qu'en l'immolant, c'est fait de vôtre vie.
Qu'il n'est rien d'assez fort, pour vous faire épar-
　gner.
Ce n'est pas tout qu'il meure, il faut vivre, & régner.
L'immoler & périr, n'est qu'une foible gloire.
Pour vaincre, il faut joüir des fruits de sa victoire.
Dans une heure au plus tard je le livre en vos mains.
Vous voïez que lui-même avance nos desseins.
Qu'il nous ouvre un chemin plus promt & plus fa-
　cile,
En sortant de ces murs, qui lui servent d'azile.
Laissez-moi le conduire où nos braves amis
Sont prêts d'éxécuter tout ce qu'ils m'ont promis ;
Où je veux qu'attiré par l'espoir qui le flatte,
Aux yeux même des Dieux, nôtre vengeance éclat-
　te :
Et qu'au lieu de l'himen qu'il y croit celebrer,
Il y trouve le fer qui le doit massacrer.

SESOSTRIS.

Hé ! c'est là, puisqu'il faut que je vous le révelle,
C'est là ce qui m'inspire une frayeur mortelle !
Vous ne m'aviez pas dit qu'Arthénice aujourd'hui,
Deût se voir exposée à ce fatal ennui !
Et que prête à subir un joug qu'elle apréhende...

PHANES.

C'est ce qui rend ma joïe, & plus juste, & plus gráde,
C'est ce qui doit m'enfler d'un généreux orgueil,
De voir servir mon sang à creuser son cercueil :

Et de pouvoir penſer que cet honneur inſigne,
De vos bontez, Seigneur, la rendra moins indigne:
Mais ſur ce grand projet, en vain nous balançons ;
'Le Ciel l'achevera, ſi nous le commençons :
Je ne crains que la Reine, & vôtre ame trop tendre..
Ah, Seigneur ! de la voir, il falloit vous défendre ;
Il falloit réſiſter à cet ordre abſolu :
Vous aviez cent raiſons, ſi vous l'aviez voulu.

SESOSTRIS.

Hé bien ! pour diſſiper l'effroi qui vous agite,
Tandis que je le puis, il faut que je l'évite.
Rentrons.

PHANES.

Il n'eſt plus temps, vous devez lui parler;
Vous êtes trop avant, Seigneur, pour reculer :
Un changement ſi prompt donneroit trop d'ombra-
   ge.
Voïez-là ; mais ſur vous n'attirez point l'orage ;
Otez-lui tout eſpoir, & par un juſte éfort,
De ce fils qu'elle plaint, confirmez-luy la mort :
C'eſt la ſauver, qu'aigrir le tourment qui l'accable:
C'eſt une pieté, que d'être impitoïable.
Et moi de mon côté, de peur d'être ſuſpect,
Durant cet entretien je fuirai vôtre aſpect.
Songez qu'à chaque inſtant, ces voutes indiſcrettes,
Auront des yeux ouverts ſur tout ce que vous faites ;
Et qu'au premier regard, prompts à vous déceler,
Il n'eſt rien que ces murs ne puiſſent révéler.
J'entens du bruit, on vient; c'eſt la Reine elle-même.

SESOSTRIS.

Ciel ! quel accablement, quelle douleur extrême ?
Pharès, en quel état paroît-elle à mes yeux ?
Ah, barbare ! ah Tiran !

PHANE'S.

      Que faites-vous ? ah, Dieux !

Vous êtes observé : Seigneur, je me retire :
Songez à vous.

SESOSTRIS.

Hélas ! que lui pourai-je dire ?

SCENE II.

NITOCRIS, SESOSTRIS, CANOPE, AMMON, Gardes.

NITOCRIS.

OU donc est ce cruel qu'on veut me présenter ?
Qu'il vienne. Qu'attent-il ? qui le peut arrêter ?
Qu'il vienne m'assûrer de mon malheur extrême.

AMMON.

Voyez cet étranger, Madame ; c'est lui-même.

NITOCRIS.

Quoi ! c'est lui ? … Mais ô Ciel ! qu'en dois-je
　présumer ?
Plus sa vûë en ces lieux, a droit de m'allarmer ;
Plus je le considere, & plus en sa présence,
Je sens que ma douleur a moins de violence.
Je sens même pour lui, tout mon sang s'émouvoir.
Hé bien ! parle : est-ce toi qui demande à me voir ?

SESOSTRIS.

Madame. …

NITOCRIS.

Explique-toi, parle sans te contraindre :
Mes malheurs sont trop grands pour avoir rien à
　craindre.

De

De la mort de mon fils, es-tu coupable, ou non?
SESOSTRIS.
Ces éclaircissemens ne sont pas de saison.
Vous sçaurez tout, Madame, en voyant cette épée.
NITOCRIS.
O Dieux! quel est l'objet dont ma veuë est frappée?
Je reconnois ce fer d'un fils infortuné.
Perfide, il est donc vrai, tu l'as assassiné?
SESOSTRIS.
Ne me demandez point quelle est sa destinée,
Vous la voyez, Madame.
NITOCRIS.
O mere infortunée!
Et vous, Dieux imposteurs, qui flattiez mon ennui,
Est-ce là le secours que j'attendois de lui?
O mon fils! qui l'eût crû que ce fer redoutable,
Dont j'attendois la fin de mon sort déplorable:
Ce fer dont je t'armai dût servir quelque jour,
A me prouver ta mort, & non pas ton retour!
Mais comment est-il mort? conte-moi ta victoire,
Eleve de ce meurtre un trophée à ta gloire.
Parle, acheve, crüel, de me percer le cœur.
SESOSTRIS.
Madame, c'est assez.. Je plains vôtre malheur..
Il finira bien-tôt... Ma présence l'irrite...
J'ai dit ce que j'ai dû vous dire, & je vous quitte.
NITOCRIS.
Ah barbare! ah crüel! arréte, & que ta main,
De la mere & du fils égale le destin.
Avant que de sortir mets le comble à ta rage.
Frappe, voila mon sein, acheve ton ouvrage.
Dans ces flancs malheureux épuise ton couroux.
Frappe, te dis-je.
SESOSTRIS.
O Ciel que me proposez-vous!
D

NITOCRIS.

Tu soûpires crüel, est-ce à toi de me plaindre ?

SESOSTRIS.

Ah ç'en est trop! mon cœur ne peut plus se contrain-
dre.
Gardes, qu'avec la Reine on me laisse un instant.
Eloignez-vous. Sortez.

SCENE III.

NITOCRIS, SESOSTRIS, PHANES, CANOPE, AMMON, Gardes.

PHANE'S.

SEigneur, on vous attent.
Tout est prêt dans le Temple, & le Roi va paraître.
Venez.

SESOSTRIS.
Ah, laissez-moi...

PHANE'S.
Je n'en suis pas le maître ;
Vous sçavez l'ordre. Allons, il faut me suivre...

NITOCRIS,
Hé quoi !
Phanès affi, Phanès est sans pitié pour moi ?
Laissez-moi de ce monstre assouvir la furie...

PHAHE'S.
Madame, mon devoir s'opose à vôtre envie ;

L'ordre preſſe: En ces lieux, c'eſt trop vous arrêter;
Rentrons. Dans quels perils alliez-vous nous jetter!
bas en s'en allant.

SCENE IV.

NITOCRIS, CANOPE, Gardes.

NITOCRIS.

VA , Miniſtre inſolent , auteur de ma miſere,
Va d'un crime ſi noir partager le ſalaire,
Perfide ! qui pour prix des honneurs, des bienfaits,
Dont jadis mon époux ſurpaſſa tes ſouhaits ;
Pour prix du rang ſuprême où l'himen de ta fille,
Eut fait monter un jour, ton obſcure famille :
Préférant l'eſclavage à cet illuſtre eſpoir,
As peut-être vendu ton maître, & ton devoir ?
Mais où va s'arrêter la douleur qui m'anime,
Tandis que l'aſſaſſin triomphe de ſon crime ?
Par quel charme nouveau, par quel fatal poiſon,
A-t-il ſéduit mes ſens , & ſurpris ma raiſon ?
Et par un mouvement que je ne puis connoître,
D'où vient que ſans horreur, je le voïois paroître ?
Ah ! j'en rougis de honte ; & je ſens que mon cœur
Se rend en frémiſſant , à toute ſa fureur.
Ne tardons plus , ſuivons le tranſport qui me guide ;
Faiſons tous nos éforts pour perdre ce perfide,
Je ſçais par quels moïens je pourai le punir :
Allons voir le Tiran : mais je le vois venir.

SCENE V.

AMASIS, NITOCRIS, CANOPE,
Gardes.

NITOCRIS.

APproche, & vien joüir du tourment qui m'accable.
Le meurtre de mon fils n'eſt que trop véritable :
Mais après les horreurs de mon ſort inhumain,
Si tu veux qu'aujourd'hui je te donne ma main ;
Rapelle ce crüel, dont la noire furie,
Triomphe inſolemment d'une ſi belle vie :
Conſens de l'immoler aux manes de mon fils,
Je n'y réſiſte plus, je t'épouſe à ce prix.

AMASIS.

Hé ! le connoiſſez-vous, pour ſuivre cette envie ?
Sçavez-vous de quel ſang il a reçû la vie.

NITOCRIS.

Il m'a ravi mon fils ; je n'examine rien.

AMASIS.

Pour venger vôtre fils, que j'immole le mien !

NITOCRIS.

Lui, ton fils ?

AMASIS.

Oüi, Madame ; & je viens vous aprendre,
Qu'à remonter au Trône, il ne faut plus prétendre ;
C'en eſt fait : Toutefois ſi vous y conſentez,
Il ne tiendra qu'à vous d'éprouvér mes bontez ;

Je mettrai tous mes soins à soûlager vos peines.
Libre dans ce Palais, vous n'avez plus de chaînes ;
Vous pouvez pour pleurer la mort de vôtre fils,
Vous montrer deformais aux peuples de Memphis ;
Et parmi les Tombeaux dreſſez pour nos Monar-
    ques ,
De vôtre pieté lui consacrer des marques:
Pour toutes ces faveurs, je n'éxige de vous ,
Qu'un traître, un impoſteur , l'objet de mon cou-
    roux,
Que le peuple ſéduit par ſes vains artifices,
Dérobe trop long-temps aux rigueurs des ſuplices ;
Allez , dans leur devoir, forcez-les de rentrer ;
Avant la fin du jour il faut me le livrer :
Ou j'atteſte les Dieux, que vôtre mort certaine ,
Au défaut de ſon ſang , qu'on refuſe à ma haine,
Vengera le mépris de mon autorité ;
Et ſervira d'exemple à la témérité.
Obéïſſez , Madame ; & vous qu'on ſe retire.

SCENE VI.

NITOCRIS, CANOPE.

NITOCRIS.

QU'entens-je ! quelle loi vient-on de me preſcri-
    re ?
Où ſuis-je ? Dois-je croire un ſi grand changement?
Tout fuit, tout ſe diſperſe à ce commandement ?
Profitons du bonheur que le Ciel nous envoïe ;
A punir les Tirans , il faut que je l'emploïe ;

Allons les immoler, ou perir sous leurs coups.
CANOPE.
Hé de ce vain projet, quel fruit esperez-vous ?
Dérobez-vous plûtôt, au sort qu'on vous destine,
Dans Thebes, dans Saïs, ou dans Elephantine,
Venez de vos sujets mandier le secours.
Ils vous défendront tous au peril de leurs jours ;
Ah si contre un Tiran ils ont eu l'assurance,
D'enlever Cléophis à sa noire vengeance,
Quand ils verront en vous la veuve de leur Roi,
Que ne feront-ils point, pour vous prouver leur foi.

NITOCRIS.
En vain, de cet espoir, tu flattes ma misere ;
De mes tristes sujets, que veux-tu que j'espere ?
Canope, & quels conseils m'oses-tu proposer ?
Aux fureurs du Tiran, pouront-ils s'oposer ?
Tu sçais comme agité d'éternelles allarmes,
Il a pillé leurs biens, il a saisi leurs armes :
Ses Ministres sanglans, ou plûtôt ses boureaux,
Ont abatu leurs cœurs sous le poids de leurs maux ;
Et la mort de mon fils, qui détruit leur attente,
Va rendre desormais leur chaîne plus pesante,
Quels amis d'Apriès viendroient me secourir ?
Les plus zelez d'entre-eux, il les a fait mourir.
Et le reste aprouvant ses funestes maximes,
Lui fait une vertu de chacun de ses crimes.
Ceux même qui veillant au culte des Autels,
Devroient donner l'exemple au reste des mortels.
Abusant lâchement de leurs saints privileges,
Descendent pour lui plaire, aux derniers sacrileges ;
Et sourds aux cris plaintifs des peuples gémissans,
Entre les Dieux, & lui, partagent leur encens.
Non, non, je veux moi seule en délivrer la terre,
Au défaut de leurs bras, & même du tonnerre,

Je veux seule venger mon époux, mes enfans.
Ne laissons point ici les crimes triomphans.
Et si nos ennemis me font cesser de vivre ,
Du moins dans les enfers forçons-les de nous suivre.

CANOPE.

Dieux ! que je crains pour vous , ce terrible dessein.

NITOCRIS.

Périsse de mon fils , périsse l'assassin.
Ménageons pour sa mort , les momens qu'on nous
    laisse.
Voïons par quels chemins , cherchons par quelle
    adresse ,
En quels temps, en quels lieux , je pourai l'immo-
    ler ;
Et fuïons des témoins qui pouroient nous troubler.

SCENE VII.

NITOCRIS, ARTHENICE, CANOPE.

ARTHENICE.

Madame , dans les maux dont mon ame est at-
    teinte ,
Ne sçachant où porter ni mes pas , ni ma plainte,
Vous me voïez tremblante...

NITOCRIS.

Arthenice en ces lieux !
Mais d'où vient la douleur qui paroît dans vos
    yeux ?

De vos sens affligez , quel desordre s'empare ?
          A R T H E N I C E.
Ignorez-vous le sort qu'Amasis me prépare ?
Qu'il m'a mandée ici , pour être mon époux ?
Et me donner des biens, qui ne sont dûs qu'à vous ?
          N I T O C R I S.
A vous donner la main , le Tiran se dispose !
Hé que resolvez-vous sur ce qu'il vous propose ?
          A R T H E N I C E.
Ah ! pour finir cet himen que je ne puis soufrir ,
S'il étoit une voïe où je puſſe courir ;
S'il étoit un moïen de m'en pouvoir défendre ,
Au peril de mes jours , j'oſerois l'entreprendre :
Mais seule, sans espoir , sans secours , sans apui ,
Au milieu de sa Cour , que puis-je contre lui ?
Je comptois sur mon pere , en ce peril extrême :
Mais ce qui me confond , c'eſt mon pere lui-même ,
Qui par des sentimens dignes de sa vertu ,
Relevoit ce matin , mon espoir abatu :
Qui d'un Trône accepté d'une main criminelle ,
Présentoit à mes yeux , l'infamie éternelle :
Par un ordre nouveau qui me perce le sein ,
Du Tiran , tout à coup , aprouvant le deſſein ,
A ses feux maintenant, il veut que je souscrive ;
Et dans une heure , au Temple , il faut que je le
    suive.
Voïez l'état funeste où me réduit le sort.
          N I T O C R I S.
Hé bien , pour en sortir , feriez-vous un éfort ?
Vous sentez-vous le cœur capable de me suivre ?
          A R T H E N I C E.
Je ne crains point la mort : s'il faut ceſſer de vi-
    vre.
Il n'eſt rien qu'avec vous , je ne puiſſe tenter.
Que faut-il faire enfin , Madame ?

NITOCRIS.

                                        M'imiter.
Vous sçavez qu'à mon fils vous fûtes destinée ;
Et que pour célébrer cet illustre himénée ,
De moment en moment , j'attendois son retour :
Il n'y faut plus songer ; il a perdu le jour.
Contre son assassin , armons-nous l'une & l'autre.
S'il échape à mon bras , qu'il tombe sous le vôtre.
La noirceur de son crime est égale entre nous :
S'il me ravit mon fils , il vous ôte un époux ;
Et vous devez montrer , qu'une pareille injure ,
Interesse l'amour , autant que la nature.

ARTHENICE.

Oüi , courons accomplir ce généreux dessein ;
Mon cœur vous est connu , nommez-moi l'assassin:
Vous verrez s'il est rien qui puisse le défendre...

NITOCRIS.

C'est le fils du Tiran.

ARTHENICE.

            Dieux ! que viens-je d'entendre ?

NITOCRIS.

Quoi ! déja ce grand cœur commence à s'ébranler ?
Et dès le premier pas , vous semblez reculer ?
D'où peut naître , à ce nom , le trouble de vôtre ame ?

ARTHENICE.

Quoi , Madame ! c'est lui dont la mort...

NITOCRIS.

                                  Oüi , Madame ;
Et si trop jeune encor pour un si grand projet ,
Vôtre bras chancelant ne s'arme qu'à regret :
Par un autre moïen , faisons qu'il s'accomplisse :
Unissons contre lui la force , & l'artifice.
Invisible en ce lieu , j'attendrai l'assassin.
Je ne veux que mon bras pour lui percer le sein.

Chargez-vous seulement d'amener la victime ,
Et je répons du coup qui doit punir son crime.

ARTHENICE.

Mais, Madame , songez...

NITOCRIS.

Ah ! c'est trop de raisons.
Craignez d'ouvrir mon ame à d'étranges soupçons.
Enfin si le perfide échape à ma vengeance ;
Ma fureur avec lui vous croit d'intelligence.
Et dans les mouvemens d'un si juste couroux ,
Je ne m'en prendrai plus qu'à vôtre pere , à vous.
Songez-y bien. Adieu.

SCENE VIII.

ARTHENICE *seule.*

Quel orage s'assemble !
On en veut à mon pere : on en veut... ah, je tremble!
Courons la prévenir , & chercher les moïens ,
De conserver des jours , où j'attache les miens.

Fin du troisiéme Acte.

ACTE IV.
SCENE PREMIERE.

SESOSTRIS *seul.*

N quel état crüel ai-je reduit ma me‑
   re ?
Peut-être que cedât à sa douleur amere,
Le cœur gros de soûpirs , sans espoir ,
   sans secours ,
Elle touche au moment qui va trencher ses jours,
Hé que me servira que dans mon entreprise ,
Par la mort d'Amasis le Ciel me favorise :
Si ma mere tombant dans l'éternelle nuit,
Du succès que j'attens va me ravir le fruit.
O Dieux ! pour l'achever que n'ai-je point à crain‑
   dre ?
L'empressement d'agir, l'horreur de me contrain‑
   dre :
Le Tiran qui prétent dans le Temple, à mes yeux ,
Allumer le flambeau d'un himen odieux.
Tant de troubles mortels, tant d'affreuses images ,
Semblent à mes desseins, de si tristes présages ,
Que mon cœur agité d'une prompte terreur,
Se remplit, malgré moi, d'une secrette horreur.
De noirs pressentimens étonnent ma constance....

SCENE II.

SESOSTRIS, NITOCRIS d'un côté du Théatre, un poignard à la main, AMASIS de l'autre côté.

NITOCRIS *d'un côté du Théatre.*

IL est seul, avançons. Ciel ! soûtient ma vengeance,

SESOSTRIS.

O patrie! ô devoir ! nature ! amour ! hélas !

NITOCRIS *voulant le fraper.*

Prenons ce temps propice. Ah, traître ! tu mourras,

AMASIS *lui retenant le bras.*

Arrête, malheureuse.

NITOCRIS,

O Dieux !

SESOSTRIS.

O Ciel !

AMASIS.

Perfide !

Quel aveugle transport, quelle fureur te guide ?
Quel démon, quelle rage a pû te posseder ?

NITOCRIS.

Le boureau de mon sang peut-il le demander ?

SESOSTRIS.

Je ne puis revenir de ma terreur extrême.
La Reine sur mes jours, attenter elle-même !

O

O Ciel ! quelle eſt la main par qui j'allois perir ?
O Ciel ! quelle eſt la main qui vient me ſecourir ?

AMASIS.

Crüelle ! ſi les Dieux ſoûtenant mon audace,
Des tiens qu'ils ont proſcrits, m'ont fait prendre la
  place ;
Si leur couroux vengeur me les fit immoler,
Au repos d'un Etat qu'ils auroient pû troubler :
N'étoit-ce pas à moi que tu devois t'en prendre ?

NITOCRIS.

J'ai voulu te fraper par l'endroit le plus tendre,
J'ai voulu te montrer en ce fatal momēt,
Si la perte d'un fils eſt un leger tourment :
Juge par la fureur, le trouble, & la ſurpriſe,
Où t'a mis de mon bras l'inutile entrepriſe,
Quel fut mon deſeſpoir, quand je vis en ces lieux,
Un époux, & cinq fils maſſacrez à mes yeux.

AMASIS.

Ce ne fut rien encor. Depuis que les coupables
Ont éprouvé des loix les rigueurs équitables,
Pour punir un forfait ſi noir, ſi plein d'horreur,
Il n'eſt point de tourment au gré de ma fureur.
Hola, Gardes, à moi...

E

SCENE III.

AMASIS, SESOSTRIS, NITOCRIS, PHANE'S, Gardes.

PHANE'S.

Ciel ! quelle eſt ma ſurpriſe ?
Comment, de qui, Seigneur, & pour quelle entre-
 priſe,
Tenez-vous ce poignard qui me glace d'éfroi ?

AMASIS.

Viens aprendre un forfait qu'à peine encor je croi.
Sur l'avis important d'une trame ſecrette,
Pour les jours de mon fils, ma tendreſſe inquiette,
Me l'avoit fait en vain chercher de toutes parts.
Quel ſpectacle, en rentrant, a frapé mes regards,
Phanès ; cette furie à ma perte animée,
De ce fer aſſaſſin dont elle étoit armée.
A mes ſens éperdus, confirmant cet avis,
Sans moi, ſans mon ſecours, m'alloit ravir mon
 fils.

PHANE'S.

La Reine ! juſtes Dieux !

AMASIS.

                    Gardes, qu'on la ſaiſiſſe.
Toi qui connois le crime, ordonne du ſuplice.
Et toi, tremble, barbare, & t'aprête à périr.

NITOCRIS.

Menace moi de vivre, & non pas de mourir,

Par une promte mort termine ma mifere.
Ou par ce que j'ai fait crains ce que je puis faire.
Quelque foit mon Arrêt , je vai m'y préparer.
Et laiffe mes Tirans pour en déliberer.

SCENE IV.

AMASIS, SESOSTRIS, PHANE'S.
Gardes.

AMASIS.

QU'on l'immole.
SESOSTRIS.
Arrêtez : non , Seigneur, qu'elle vive,
Il faut fur nos deftins , la tenir attentive ;
Et qu'elle foit préfente aux glorieux aprêts ,
Qui vont de ce grand jour, fignaler le fuccès.
PHANE'S.
Je dirai plus , Seigneur. Sa perfonne eft un gage,
Qui dans tous vos périls , vous a fervi d'ôtage :
Et fi depuis quinze ans , vous les avez bravez,
C'eft peut-être la Reine à qui vous le devez.
Enfin, fi de fes jours le flambeau doit s'éteindre,
Mettez-vous en état, de n'avoir rien à craindre.
Attendez à punir fes criminels deffeins ,
Qu'un traître qu'on pourfuit , foit remis en vos mains :
Et qu'en les confrontant au milieu des fuplices,
Nous puiffions de leur bouche , arracher leurs complices.

E ij

AMASIS.

Mais jusqu'à ce moment, sur qui, sur quelle foi,
Pourai-je de son sort me reposer ?

PHANES.

Sur moi.

AMASIS.

Sur toi, Phanès !

PHANES.

Seigneur, confiez-moi sa garde.
Ma foi vous est connuë, & ce soin me regarde.
Quelque nouveau projet qui puisse l'inspirer,
D'elle, comme de moi, je puis vous assûrer ;
Et pour servir mon Roi, pour le bien de l'Empire,
Il n'est rien d'impossible au zele qui m'inspire.

AMASIS.

Hé bien ! répons-moi d'elle, & marche sur ses pas.

SCENE V.

AMASIS, SESOSTRIS, Gardes.

AMASIS.

Dieux justes ! Dieux puissans! que ne vous dois-
je pas ?
C'est peu qu'à pleines mains, vos faveurs épanchées,
Sur moi, depuis quinze ans, demeurent attachées:
Pour arracher mon fils au bras qui l'eût percé.
Quel secours imprévû m'avez-vous adressé ?

SCENE VI.

AMASIS, SESOSTRIS, ARTHENICE,
Gardes.

AMASIS.

VOus à qui je le dois, venez, venez, Madame,
  A nos transports de joïe, abandonner vôtre
ame.
C'est de vous que je tiens le salutaire avis,
De l'horrible attentat qui menaçoit mon fils.
J'ai retenu la main qui l'alloit entreprendre.
Quels honneurs, desormais, ne dois-je point vous
  rendre ?
Si le rang où je suis, peut vous récompenser,
Je ne vous verrai plus que pour vous y placer.
Je vais de nôtre himen presser l'instant propice;
Toi, rends graces, mon fils; à ta libératrice.

SCENE VII.

SESOSTRIS, ARTHENICE.

SESOSTRIS.

QUe vois-je ! quelle horreur a glacé mes esprits ?
Qu'ai-je entendu, Madame ? & que m'a-t'on apris?

Objet infortuné des fureurs de la Reine,
Exposé sans défence, aux transports de sa haine ;
Mon sang alloit couler, le fer étoit levé.
Sans vous ce coup impie alloit être achevé.
J'en frémis... Grace au Ciel, tout a changé de face.
Par où devant vos yeux, 'ai-je pû trouver grace ?
Quel zele, en ma faveur, venez-vous de montrer ?
Et quel Dieu favorable a sçû vous l'inspirer ?

A R T H E N I C E.

Ne me demandez point quel zele m'a poussée.
A peine de la Reine ai-je sçû la pensée ;
A peine résoluë à vous sacrifier,
Sa haine à ses fureurs a crû m'associer :
Que de tous ses bienfaits rejettant la mémoire,
Sans craindre son courroux, sans consulter ma gloi-
　re ;
Que dis-je, sans songer qu'un Prince infortuné,
Qu'à l'himen d'Arthenice, elle avoit destiné,
Par vos crüelles mains, privé de la lumière,
Devoit à le venger me porter la première :
De vôtre seul peril, trop prompte à m'occuper,
Je n'ai songé qu'au coup qui vous alloit fraper.
J'ai couru prévenir un complot si funeste.
Vous vivez, il sufit, j'ignore tout le reste.

S E S O S T R I S.

Madame, je le vois, la suprême grandeur,
A des charmes puissans pour vaincre un jeune cœur.
Ce zele officieux n'a plus rien qui m'étonne.
Pour regner sur l'Egipte, Amasis vous couronne.
De ce qu'il fait pour vous, mon salut est le prix ;
Et je ne dois vos soins, qu'au seul nom de son fils.

A R T H E N I C E.

N'imputez rien, Seigneur, à ma recomnoissan-
　ce.
C'étoit pour vôtre vie, une foible défence ;

Et j'aurois de la Reine apuïé le courroux,
Si nul autre interêt ne m'eût parlé pour vous.
           SESOSTRIS.
Ciel ! que vous m'étonnez ! Se pouroit-il, Madame,
Que l'amour d'Amasis n'eût point touché vôtre
    me ?
Auriez-vous quelque peine à recevoir sa foi ?
          ARTHENICE.
A l'honneur qu'il me fait, je sçai ce que je doi :
Mais mon cœur allarmé de cette préférence,
En sent plus de fraïeur que de reconnoiffance :
Et fi vos jours fauvez meritent quelque prix ,
Si vous êtes fenfible aux foins que j'en ai pris ,
Détournez un himen dont l'odieufe chaîne,
Ne prépare à mon cœur qu'une éternelle gêne.
Voïez le Roi , parlez , il vous écoutera ;
Demandez mon exil , il vous l'accordera.
Pour un fils tel que vous, que ne fait point un pere ?
Voïez enfin quel eft l'excès de ma mifere ,
Puifque pour m'opofer à l'himen d'Amasis,
Je ne puis dans fa Cour, m'adreffer qu'à fon fils.
Oüi , Seigneur , fur vous feul mon efprit fe repofe,
Pour rompre le deffein que le Roi fe propofe.
Vous nous épargnerez un mutüel ennui ;
En agiffant pour moi , vous agitez pour lui.
Montrez-lui que nos cœurs ne font pas l'un pour
    l'autre :
Empêchez mon trépas , quand j'empêche le vôtre.
Le repos de mes jours me femblera plus doux ,
Si je puis me flater que je le tiens de vous.
          SESOSTRIS.
Redevable à vos foins, Madame, d'une vie,
Qui fans vôtre fecours , m'alloit être ravie ;
Je ne demande aux Dieux, d'en prolonger le cours,
Que pour la confacrer au repos de vos jours,

Cet himen dont l'idée excite vos allarmes,
Ne sera pas long-temps le sujet de vos larmes.
Je prens à l'empêcher, plus d'interêt que vous.
Non, jamais Amasis ne sera vôtre époux.
Mais à cette frayeur, vôtre ame trop sensible,
A d'autres sentimens, est-elle inaccessible ?
Auriez-vous pour le Sceptre .encor quelques dé-
    dains,
S'il vous étoit offert par d'innocentes mains ?
A nous abandonner, êtes-vous toujours prête ?
N'envisagez-vous rien ici qui vous arrête ?
Et quand j'aurai comblé vôtre espoir le plus doux,
Où sera vôtre exil, sera-t-il loin de nous ?

ARTHENICE.

Par vos soins, desormais exempte de tristesse,
J'irai de vos bontez, m'entretenir sans cesse,
Dans ces paisibles lieux, ces retraites, ces bois,
Où je vous vis, Seigneur, pour la premiere fois.

SESOSTRIS.

Non, non, vous meritez une autre destinée,
Avant la fin du jour vous serez couronnée.
Mais au sort qui m'attend, vôtre sort attaché,
Vous doit laisser encor ce mistere caché.
Mon secret découvert nous perdroit l'un & l'autre ;
Il y va de ma vie, il y va de la vôtre.
J'aurois déja fini mon trouble & vôtre effroi,
Si le danger prochain n'eût regardé que moi.
Mais ceux qu'avec mes jours, j'expose à cet orage,
A des ménagemens, abaissent mon courage.
Cependant l'heure aproche, où pour vôtre secours,
Tout est prêt dans le Temple ; on m'attend, & j'y
    cours.
Quelqu'honneur que sur moi, répande la victoi-
    re,
Vous en aurez le prix, vous en aurez la gloire.

En préfence des Dieux , je vais me découvrir ,
Dégager vôtre foi , vous la rendre , ou mourir.
Adieu , Madame.

SCENE VIII.

ARTHENICE *feulé*.

O Dieux ; que va-t-il entreprendre ?
Quel eft ce grand deffein, que je ne puis comprendre?
Ciel ! par où dévoiler ce miftere caché ?
A fon fort , m'a-t-il dit , le mien eft attaché ;
Et jufque dans le Temple , où l'entrafne la gloire ,
Il va chercher pour moi, la mort, ou la victoire !
Quel mélange confus, & d'efpoir , & d'ennuis ;
Quel Dieu diffipera l'embaras où je fuis.

SCENE IX.

ARTHENICE, MICERINE,

MICERINE.

Madame.....

ARTHENICE.
Ah ! que me veut Micerine éperdüe ?

MICERINE.
Ce vieillard que le fort offrît à nôtre vûë,

Sur la terre étendu, mourant, enfanglanté ;
Et qui ne doit le jour qu'à vôtre piété. ..

ARTHENICE.

Hé bien ?

MICERINE.

Pâſe, abatu, la démarche mal ſûre,
Malgré le ſang qui coule encor de ſa bleſſure,
Son extrême foibleſſe, & ſon âge glacé,
A quitté la demeure où nous l'avions laiſſé,
Il eſt ici, Madame.

ARTHENICE.

O Ciel ! qu'y vient-il faire ?

MICERINE.

Quand il m'a rencontré il cherchoit vôtre pere.

ARTHENICE.

Mon pere ! Et l'a-t-il vû ? l''a-t-on fait avertir ?

MICERINE.

Madame, du Palais, il venoit de ſortir :
Il étoit dans le Temple, où ſon zele s'aplique,
A dreſſer de ce jour, l'apareil magnifique ;
Et des Gardes rangez les armes à la main,
A chacun, par ſon ordre, en ferment le chemin.

ARTHENICE.

Et de ce malhûreux, quelle eſt la deſtinée ?

MICERINE.

Inſtruit de vos bontez, & de vôtre himenée,
Il m'envoïe au plus vîte implorer vôtre apui.

ARTHENICE.

Ne pouvant rien pour moi, que pourai-je pour lui ?

MICERINE·

Obtenir d'Amaſis une prompte audiance ;
Devant lui ſeulement ; il rompra le ſilence :
Et l'inſtruira, dit-il, d'un forfait odieux,
Qui regarde l'Etat, lui, ſon fils, & les Dieux.

ARTHENICE.

Son fils ! quel sort crüel ,menace encor ta vie ?
Par combien de malheurs est-elle poursuivie ?
Cher Prince.... Mais allons, courons à son secours,
Et comme je le dois , prenons soin de ses jours.

Fin du quatriéme Acte.

ACTE V.
SCENE PREMIERE.

AMASIS, NITOCRIS, CANOPE, Gardes.

AMASIS *à un Officier de sa garde.*

Etournez à Phanès. Bientôt par ma présence,
Je vais de ses amis, calmer l'impatience.
Allez. Je suis content de leurs soins gé-
néreux,
Et je marche après vous, pour me rendre auprès d'eux.
Qu'on appelle Arthénice, & mon fils avec elle.
* Et toi, vien prononcer ta sentence mortelle.
Te voici, grace au Ciel, sans espoir, sans soûtien;
Mes sujets, dont l'orgueil entretenoient le tien,
Environnez par tout de mes fieres cohortes,
Du Temple, & de la Ville, ont vû saisir les portes;
Et si contre mes loix ils s'osent soûlever,
Tout l'Univers, les Dieux ne pouroient les sauver.
Je devrois dans ton sang, éteindre leur audace;
Mais tu sçais à quel prix, ma bonté te fait grace.
Mon ennemi par toi, va-t-il se découvrir ?
Parle, & songe qu'un mot te fait vivre, ou mourir.

   * à Nitocris.   NITOCRIS.

NITOCRIS.

Pour ébranler mon cœur, la menace est legere.
Qui ne craint point la mort, sçait mourir, & se
    taire.
Va jusque dans le Temple, aux yeux de mes sujets,
Célébrer un himen qui flatte tes projets :
Ajoûtes-y ma perte à tant d'autres victimes :
Mais crains d'y rencontrer la peine de tes crimes,
Crains que cet Etranger qui se cache en ces lieux,
N'y soit pour ma vengeance envoyé par les Dieux.
Tu trembleras peut-être en le voïant paraître :
Ce n'est qu'en t'immolant, qu'il se fera connaître ;
Et j'espere, Tiran, que malgré tous tes soins,
La foudre va partir, d'où tu l'attens le moins.

AMASIS.

Je crains peu ta menace, & quand pour ta vengean-
    ce,
Tout l'Etat, avec lui, seroit d'intelligence,
Les Dieux de ce peril, garentiroient mes jours.
Ils l'ont fait mille fois, ils le feront toujours.
De tes emportemens, je découvre la cause.
Je vois le desespoir où mon himen t'expose.
Tu crains plus que la mort, le redoutable affront,
De voir ton Diadême orner un autre front :
Mais ma haine en ton sang, ne peut être assouvie,
Je prétens ménager les restes de ta vie ;
Et pour te mieux punir, t'entraînant à l'Autel,
T'y donner une Reine, avant le coup mortel.

SCENE II.

AMASIS, NITOCRIS, ARTHENICE, MICERINE, CANOPE, Gardes.

AMASIS à *Arthenice*.

ALlons , Madame, allons célébrer l'himenée ,
Qui doit unir mon fort à vôtre deftinée ;
Que la pompe…

ARTHENICE.

Ah , Seigneur ! fufpendez ce deffein ;
Ne fongez qu'à parer les coups d'un affaffin.
Confufe , & déteftant fa criminelle audace ,
Je viens… La voix me manque , & tout mon fang fe
glace.

PHANE'S.

Que fçavez-vous ? parlez…

ARTHENICE.

Seigneur , c'eft un avis ,
Qui regarde vos jours , & ceux de vôtre fils.
Avant que d'expofer une tête fi chere ,
Daignez aprofondir ce terrible miftere.

AMASIS * à *Nitocris*.

Quel miftere?* Eft-ce encor un trait de ton couroux?
Perfide !

ARTHENICE.

Un Etranger tremblant , percé de coups ,
Qui fous le faix des ans, ne fe foûtient qu'à peine,
Vous aprendra, Seigneur… Le voici qu'on ameine,

SCENE III.

AMASIS, NITOCRIS, ARTHENICE, MICERINE, CANOPE, MENES, Gardes.

AMASIS.

QUe vois-je! est-ce Ménès? en croirai-je mes
    yeux?

MENES.
Ah, Seigneur, je vous vois; & j'en rends grace aux
    Dieux.

AMASIS.
De ta mort, ce matin, j'ai reçû la nouvelle.
Pourquoi me faisoit-on ce raport infidelle?

MENES.
Seigneur, on l'a crû vrai. Sur la terre étendu,
Ma foiblesse, le sang que j'ai long-temps perdu,
Précipitoient la fin de mon sort déplorable;
Quand les Dieux ont conduit cette main secourable,
Par qui j'ai le bonheur d'embrasser vos genoux.

AMASIS.
O Dieux! qui t'a porté de si funestes coups?

MENES.
Celui qui par un coup à l'Etat plus funeste,
A privé vôtre fils de la clarté céleste!

AMASIS.
Mon fils! tu me surprens! il n'est pas dans ma Cour.

MENES.
Non. Ncffez deformais d'attendre son retour.

Je venois pénétré de la mort de sa mere,
Vous ramener ce fils, l'image de son pere ;
Quand non loin de ces murs, d'un barbare assassin,
J'ai vû le bras levé pour lui percer le sein :
Je m'expose à sa rage, & j'en suis la victime.
A deffendre ses jours, le Prince en vain s'anime ;
En vain il montre un cœur incapable d'effroi :
Frapé d'un coup mortel, il tombe auprès de moi.

AMASIS.

Quoi ! mon fils ! ... Je succombe au trouble qui
   m'accable.

MENES.

Ce n'est pas tout, Seigneur : gardez-vous du coupa-
   ble.
Tout dégoûtant encor du sang de vôtre fils,
Je l'ai vû qui prenoit la route de Memphis :
Sans doute qu'il s'y cache, afin de vous surprendre.
Je vous en avertis.

AMASIS.

Dieux ! que viens-je d'aprendre !

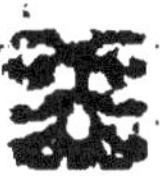

SCENE IV.

AMASIS, NITOCRIS, SESOSTRIS, ARTHENICE, MICERINE, MENES, CANOPE, Gardes.

AMASIS à *Sesostris*.

APproche : connoîs-tu ce Vieillard ?

SESOSTRIS.

Juſtes Dieux !

AMASIS.

Quel trouble te faiſit ? Menès , tourne les yeux.
N'eſt-ce pas là mon fils ?

MENES.

Lui , Seigneur ! ah, le traître !
C'eſt là ſon aſſaſſin que vous voïez paraître.

ARTHENICE.

O Dieux !

MENES.

N'en doutez point, je le connois trop bien :
C'eſt lui qui s'eſt couvert de ſon ſang & du mien.
C'eſt lui qui ſe portant à de nouvelles rages,
Après ſon attentat , nous a ravi les gages,
Dont Ladice en mourant ſe repoſa ſur nous :
Ses lettres , ſon anneau... Seigneur , ſongez à vous :
Je mourai ſans gémir du malheur qui m'oprime ,
Si je puis aux Enfers conduire ma victime.

F iij

SCENE V.

AMASIS, SESOSTRIS NITOCRIS, ARTHENICE, MICERINE, CANOPE, Gardes.

AMASIS.

Oüi tu feras content, tes yeux feront témoins...
Que pour le fecourir on redouble les foins.
L'ai-je bien entendu , grand's Dieux, le puis-je croi-
re ?
Ton bras eft-il l'autheur d'une action fi noire ?
M'as-tu ravi mon fils ?

SESOSTRIS.

Oüi, Tiran, il eft mort ;
Et l'on vient de te faire un fidele raport.

AMASIS.

Traître ! qu'efperois-tu de cette barbarie ?
Quel étoit ton deffein ? quelle aveugle furie,
Dans le fang de mon fils, t'a fait tremper tes mains?

SESOSTRIS.

Quand tu fçauras mon nom , tu fçauras mes deffeins.

AMASIS.

Hé quel es-tu ? réponds , perfide !

SESOSTRIS.

Hé ! qui puis-je être ?
Après ce que j'ai fait, me peux-tu méconnétre ?
Et ce bras tout fanglant du meurtre de ton fils,
T'aprent-il pas affez que je fuis Sefoftris ?

NITOCRIS.
Ah, mon fils !
ARTHENICE.
Qu'ai-je fait ?
AMASIS.
Gardes, qu'on le saisisse.
SESOSTRIS *mettant la main à l'épée.*
Traîtres...
AMASIS.
Que les boureaux préparent son suplice.
NITOCRIS.
Arrête, que fais-tu ? peuple lâche, & sans foi ?
C'est le sang d'Apriès : c'est mon fils : c'est ton Roi.
AMASIS.
Je suis mieux obéï que tu n'ès écoutée.
SESOSTRIS *desarmé.*
Oüi, le Ciel veut ma perte, & je l'ai méritée.
Je vois qu'il me punit, & se venge à son tour.
Non, d'avoir entrepris de te ravir le jour :
D'affranchir de tes fers, ma mere, & ma patrie ;
Mais d'avoir pris un nom dont ma gloire est flétrie,
Et d'avoir abaissé l'heritier d'un grand Roi,
A passer pour le fils d'un monstre tel que toi.
Ton sang devoit laver une tache si noire :
Mais si de le verser je n'ai pas eu la gloire,
Je t'ai ravi ton fils, & graces à mes soins,
C'est toujours un Tiran que l'Egipte a de moins.
AMASIS.
Quoi ! perfide...

SCENE VI.

'AMSIS, NITOCRIS, SESOSTRIS,
ARTHENICE, MICERINE,
CANOPE, AMMON, Gardes.

AMMON.

Seigneur...

AMASIS,

Ah ! que vient-on-me dire ?

AMMON.

Qu'en vain, contre vos jours vôtre ennemi conspire;
Qu'au Temple, en ce moment, nous l'avons ren-
contré :
Mais que pour l'arracher d'un azile sacré,
Les Prêtres orgueilleux de leur pouvoir suprême,
N'ont voulu recevoir de loix que de vous-même ;
Et que Phanés craignant sa fuite ou leur apui,
Veille, en vous attendant, & sur eux, & sur lui.

AMASIS.

Dieux ! courons le rejoindre; allons par les suplices,
De ces deux criminels, aprendre les complices ;
Des Prêtres avec eux, allons punir l'orgueil:
Que leur Temple détruit leur serve de cercueil ;
Et que tout l'Univers aprenant ma vengeance,
Frémisse du suplice, ainsi que de l'offence.
Qu'on l'entraîne...

NITOCRIS.

Ah, mon fils ! je ne te quitte pas.

AMASIS.

Ammon, que dans ces lieux, on retienne ses pas :

J'ai befoin d'un ôtage.
NITOCRIS.
Ah tiran !
AMASIS.
Qu'on l'arrête,
J'aurai foin d'ordonner qu'on t'aporte fa tête :
Tu peux l'attendre.
NITOCRIS. *Elle tombe évanouie.*
Helas !
AMASIS *à Arthenice.*
Qu'on veille fur fes jours ;
Madame, je dois tout à vôtre hûreux fecours ;
Mais pour m'en aquiter, & pour punir fon crime,
Je veux qu'à nôtre himen, il ferve de victime :
Venez le voir, au Temple, expirer fous nos coups ;
Venez, Madame.
ARTHENICE.
O Ciel, où me réduifez-vous.

***

SCENE VII.

NITOCRIS, CANOPE, AMMON,
Gardes.

NITOCRIS.
ON entraîne mon fils, & l'on veut que je vive.
Ah ! l'on m'arrête en vain, il faut qneje le fuive,
Quoi nul de fes fujets, ne le vient fecourir ?
Dans fes propres Etats, on le laiffe périr !
Jufques fur les Autels on va trancher fa vie !
Soufrirez-vous, grands Dieux, ce facrifice impie?
Nil fouleve tes flots, & vomi dans ces murs,
Tous ces monftres cachez dans tes antres obfcurs?

Que ferai-je, où courir? que la terre s'entr'ouvre!
Que du Styx, à nos yeux, la rive se découvre!
Et tout couverts encor de vos tristes lambeaux,
Manes de ses parens, sortez de vos tombeaux.
Si la terre, & le Ciel refusent de m'entendre;
Que ce soient les enfers qui viennent le défendre!
O mon illustre époux! entens ma triste voix;
Viens lui donner la vie, une seconde fois:
Perce l'obscurité de tes demeures sombres;
Arme-toi des tourmens inventez pour les ombres.
Jusqu'au pied des Autels, viens lui servir d'apui;
Et fais ce que les Dieux devroient faire pour lui.
Mais que fais-je? que dis-je? ô malhûreuse mere!
Quels vœux puis-je former? & qu'est-ce que j'espere?
Ce Palais de mes cris, retentit vainement!
Mon fils est mort, Canope; ou meurt en ce moment.

SCENE VIII.

NITOCRIS, ARTHENICE, CANOPE, AMMON, Gardes.

NITOCRIS.

CRüelle, en est-ce fait? Vôtre rage inhumaine,
Vient-elle jusqu'ici, triompher de ma peine?
Ou vôtre main servant les crimes d'Amasis,
Vient-elle m'aporter la tête de mon fils?
L'avez-vous vû tomber sous ses coups?

ARTHENICE.

Ah, Madame!
Ce que j'ai vû suffit pour déchirer mon ame!

Le Tiran de soldats , l'a fait environner ;
Après lui , dans le Temple , il l'a fait entraîner ;
Et comme resoluë à ne lui point survivre ,
Je traverſois la foule , & tâchois de l'y ſuivre.
J'ai vû fermer la porte , & mille cris confus
Ont fait entendre au loin, il est mort, il n'est plus.

NITOCRIS.

Il n'est donc plus ce fils , le dernier de ma race !
Tout mort , & tout ſanglant , il faut que je l'em-
   braſſe ;
Allons , courons au Temple , à la face des Dieux.
Mais de quels cris nouveaux, retentiſſent ces lieux ?

SCENE DERNIERE.

NITOCRIS , SESOSTRIS, ARTHENICE , MICERINE, CANOPE, AMMON.

NITOCRIS.

AH, mon fils ! est-ce toi que le Ciel me renyoïe ?

ARTHENICB.

Quel miracle , Seigneur , permet que je vous voïe?

SESOSTRIS.

Il est temps de finir des regrets ſuperflus ;
Vous n'avez rien à craindre : Amaſis ne vit plus.

NITOCRIS.

Il ne vit plus ! ô Ciel ! quelle heureuſe nouvelle !
Mais qui t'a délivré de ſa rage crüelle ?
Comment t'es-tu ſauvé ? Ne me déguiſe rien :
A qui dois-je , mon fils , ton ſalut , & le mien ?

SESOSTRIS.
Un illuftre fujet finit nôtre mifere.
Le croiriez-vous , enfin ? C'eft Phanès.

NITOCRIS.

Lui !

ARTHENICE.

Mon pere !

SÉSOSTRIS.

A peine le Tiran trompé par fes avis ,
M'avoit fait entraîner au Temple d'Ofiris ;
Que portant fur l'Autel une vûë égarée ,
Il trouve Cleophis dans l'enceinte facrée :
Où fe croïant déja maître de nôtre fort,
Il femble s'aplaudir de nous donner la mort:
Quand Phanès pour donner le fignal , & l'exemple ;
Du nom de Sefoftris , fait retentir le Temple ;
Et foudain l'on entend, à travers mille cris ,
Que meure le Tiran , & vive Sefoftris ;
Pâles , faifis d'effroi , fes Gardes l'abandonnent , .
Ardens , pleins de fureurs , les nôtres l'environnent.
Je l'aproche , & d'un fer que je prens fur l'Autel.
Je le jette à mes pieds , frapé d'un coup mortel.
Mille autres animez d'une pareille envie ,
Vont-chercher dans fes flancs, les reftes de fa vie ;
Et tandis qu'en tous lieux , Phanès , & Cleophis ,
Confirment mon retour aux peuples de Memphis :
Faifant à la fureur , fucceder la tendreffe ,
D'un pas précipité , j'ai traverfé la preffe ,
Pour goûter des plaifirs fi long-temps attendus ,
Et vous offrir des biens que le Ciel m'a rendus.

NITOCRIS.

Ah , mon fils ! quel bonheur fuccede à nos allarmes ?
Allons faire ceffer le tumulte des armes ;
Et parmi les plaifirs que promet ce grand jour,
Par un heureux himen , couronnez vôtre amour.

FIN.